ZUI

Zestful Unique Ideal

最世文化

Shanghai ZUI co.,Ltd

北京人
在北京

Love Poetry

of

Beijing

煮海　著

在我盛开时爱上我，
在我衰败前离开我。

目录
contents

我不认为自己脏。
我也不认为有什么不值得——
我只是有无处发泄的委屈。

第一章
chapter - 01

- 01 -

最重要的人，最喜欢的人，最在乎的人，因为有个"最"字所以具有了绝对的排他性，只能有一个，否则就是不虔诚，就是油滑。总有些大人喜欢逗弄孩子，问："爸爸和妈妈，谁是你最爱的人？"——我当然不会落入这样无聊的陷阱。

"爸爸和妈妈都是我最爱的人。"——尚且分不清楚爱情与友情的区别在于睡还是不睡的孩子，在双亲问题上早已被社会灌输了约定俗成的答案。

而年幼的我心里却有着风雨不改的主意：我最爱的人是妈妈。排山倒海，独一无二。

——那是在认识南冰之前。

现在我最爱的人是南冰，也是妈妈——她们的排名不分先后。

她和她对我的意义不等同于左手和右手，不是那种失去一条胳膊还能姑且用另一条将就生活的分量，而是一双手和一双脚，砍了哪一对都会使我生不如死。

往后的排名是杨牧央，事实上他和许雯雯以及向海在我心中的位置是可以不断调换的。这并不是我无情，而是知道总有人会在我们的生命中深入浅出，他们有时是有意有时是无意。谁也决定不了在十年后，我和你是否仍是挚友，或是陌路。

读小学时有个姓柳的女孩子和我亲密到会一起上厕所隔着门板聊天，毕业那天我们相拥而泣，我真心地以为没了她的自己再也不会在学校里上厕所了，结果是初中三年里我并没有憋出尿毒症，甚至还改掉了去大小便时要与人结伴而行的毛病。

在通讯发达的今天要寻找我只记得姓忘了名的儿时玩伴并不难，可我却觉得不那么必要，找老同学叙旧是中老年人干的事儿，更何况她和我至多也就是分享零食的关系，比起现在能与我浴血杀敌的大小坏蛋们，实在不值一提。

不是每首歌都值得单曲循环，而有些无足轻重的人，错过也就淡忘了。

可有的人，我是不会允许她以任何方式从我的生命线上脱轨的，无论是威逼利诱地挽留还是撒泼打滚地纠缠，我只要还能喘口气，拼上性命去追也不会让她走。

- 02 -

禾仁康一定很奇怪怎么会有我这样的粉丝，通过一幅速写上的笔触就把他认了出来，结果只是叫了一声他的名字，别说合影了，连一个签名也没要就急匆匆跑开。

他是禾仁康啊！应该再多说两句话的，应该要个联系方式的——我的意识清晰地向舌头提出建议，可我的双腿却在沿着马路狂奔——只因为南冰需要我。

此时此刻，再举世无双的她也不过是个孤独的将军，而我就是她的千军万马。

瞎了眼般冲着一辆辆飞驰的私家车招手，好不容易见到一辆迎面而来的空驶出租车，我刚停下脚步捋了捋遮着眼睛的头发，一个不晓得打哪条岔道里蹦出来的 IT 男突然擦过我身边，手提个电脑包跟要炸碉堡似的一个冲刺钻进了车门，留下瞠目结舌的我在原地足足吸了三大口尾气。

"×！"我抚刘海的手还搭在额头上，忍不住骂起来，"赶着投胎啊。"燃油附加费都翻了三番了，想打个车还是得动武，别看北京人一个个灰尘仆仆跟 20 世纪 80 年代起就没换过新衣裳似的，还是太有钱了，大清早的马路多宽敞啊，散个步去坐地铁都不乐意，全他妈打车去上班。

"又见到你啦。"

决定在下一辆空车到来时进行殊死搏斗的我正在挽袖子，只见禾仁康慢悠悠地骑着黑色的老式单车边冲我打招呼边骑了过去，他的后座上绑着一棵大白菜，还挂着一个塑料袋子，里边鼓鼓囊囊地塞满了红红绿绿的蔬菜。

"请等等。"灵机一动的我往前一跨步猛地伸手抓住了车座架子，直拽得他的身子往前一颠又朝后仰倒。"禾先生,你能带我吗?"在发问时,我自顾自地动手解下了后座上的菜,准备硬塞进他已经放了速写本和画具,还有几棵大葱的车前筐里。

禾仁康整个上半身慌张地趴下来挡住我的动作说:"别,小姑娘,别弄坏我的画。"

急坏了的我竟然忘了,若是弄坏了眼前这个人的一张画,把我卖身为奴一百次也赔不起。"对不起。"赶忙道歉后,我抱着菜坐上了后座,"三里屯,谢谢!"

"这不好吧。"他很不自在地抓了抓耳朵,犹豫地说,"我不认识你,才和你第一次见面就做这么亲密的事儿。"

"我会付你钱的。"说完这句话我立即给自己的智商跪下了,他就是随便在白纸上甩点儿颜料也够他一辈子打车去买菜,怎么可能在乎这么几块钱——

轮子转起来了——

"可够远的呢,你钱够吗?"他头也不回地问。

"我……带着卡。"

车速越来越快,他吭哧吭哧地踩着脚踏板,比在后海专注黄包车拉客三十年的老师傅都要卖力。

禾仁康脖子上缠了好几圈的围巾在风中垂下了一条摇摇摆摆的尾巴,我看快松脱了便忍不住抬手帮他塞进去还拍了拍。自然而然就做出了这么自来熟的动作,可能是因为他的背影很像杨牧央。

语速慢,白皙的皮肤,比起成熟男人来要窄的肩膀,我看着他因为自然卷而发尾乱翘的后脑勺想，就是发型也很像，只不过杨牧央的头发在光照下是巧克力色儿的，禾仁康的发色却是几十吨的阳光也洗不亮的黑。

"哎，不好意思啊，你都不认识我就被我坐上了。"我想起自己还没自我介绍。

"您好哇，我叫禾仁康，很喜欢画画。"他的话尾带着笑声。
"您也好，我叫艾希，很喜欢你的画。"

——其实不是这么轻描淡写的喜欢，是超级无敌特别独一无二的喜欢，举例来说就像我喜欢杨牧央……不对，不是那种日久生情的喜欢，应该说就像我喜欢南冰，是那种遭遇了晴天霹雳、相信了命中注定的喜欢——

怕吓着他，我没敢说这么具体。

- 03 -

酒吧门口没见到什么人群聚集，这看起来寂静得奇诡的气氛使我每一步都迈得踌酌而谨慎，就怕一不小心踩到地雷或是谁的残肢。

里面的灯光很是敞亮，几个服务生正在擦桌子扫地，打量我的时候也是一副"已经打烊了你来干吗"的正常眼神，叫我不禁怀疑自己究竟有没有接到南冰那个声线震颤的电话。

她正在吧台附近弯腰拖地，两条比拖把还要细长的腿憋屈地弯曲着。
"南冰！"我小声地叫她，握住她袖口外露出的纤细手腕一拽，当她转过来时，我看见了她的脸，就知道坏了，她很不好。

南冰不正经地看着我说："您是来的路上遇到碰瓷的了吗？老娘等你等到三胞胎都生出来了。"

"人呢？"我问。

"一个被警车拉走了，一个被救护车抬走了。"她说，"等会儿我掷个骰子决定先去看谁。"

——她就是这样，越难受越贫嘴。

尤其是生理期的时候，她整个就是一从精神病院翻墙跑出来立志要做相声演员的疯子。有回她在家里突然一脚踏在沙发上演起了座山雕，许雯雯还特配合地跟她对起了"宝塔镇河妖"的暗号，只有我知道她其实是痛经痛得要死，便麻溜儿给熬了一碗红糖水，塞给她一个暖宝宝，丫立刻乖乖地坐下来裹着毯子看电视了。

"没事了。"我扣在她手腕上的食指和拇指形成了一个环，轻轻使力紧了紧。

——她没有哭，也没有怒，脸上没有任何情绪的波动，甚至唇角还浮着笑。

可我一看她的脸就知道她好不好，这么多年了我就是知道，这是我只为南冰存在的天赋异禀。

"有我在呢。"我抱住她，由上至下地轻抚她僵硬的后背。

她静静地让我抱了有十秒后才说话，声音里有股劲儿了，是她独特的那股子带着冰棱子的神气。"行了，你别靠这么近。"她推开我说，"这人血吧要是脏了你的鞋子，单是打点儿肥皂也不好搓。"

"……"我这才注意到地板上有一摊被擦拭过后的暗红色痕迹。

"关诚真是壮得像头牛，这血红蛋白也太浓了，地板都拖了有三回，我再弄不干净就只好赔钱了。"南冰继续干活，同时以飞快的语速还原了案发现场，"那姓向的白痴都多少天不见人了，好不容易舍得出来溜达了吧一身衣服邋遢得跟在猪圈里滚过似的。丫已经酒气熏天了还要喝，要不是拍在桌上的钱包是名牌儿，早被人当流浪汉从后门拖出去扔垃圾桶。他掏出来的刀子一看就是新买的——"她顿了顿，自问自答，"这算蓄意杀人吗？不是吧。有监控，一看那傻×就是酗酒闹事儿的，走几步路能打飘得像一只灌了三斤二锅头的螃蟹。"

原本关诚只是如常在舞台上唱歌，可能看见了在吧台附近和南冰说话的向海，竟反常地发表了"献给我最心爱的女人"之类老土又肉麻的告白，接着挑衅地跳下台来在众目睽睽之下搂过南冰就是深情一吻。

向海哪里经得起这样近距离超高清的刺激，头昏脑涨地也不想周围有多少双眼睛了就那么坦诚地一刀捅出去——关诚这恩爱秀得实在是鲜血淋漓——真是广大单身青年们最喜闻乐见的结局。

"作大死啊！"我忍不住轻呼。

向海对南冰的占有欲从上学那会儿就已经病入膏肓，当时哪个男同学敢摸一下南冰的课桌那都别想四肢健全地上体育课了。直到如今，我都不敢告诉他，我也是个见过南冰那坦荡荡胸部的人，更别提还和她亲过嘴，丫犯起病来要打打杀杀的肯定不会顾及到我是女人这个事实。

我双手不自觉地捂住肚子，很认真地问："那关诚伤得重吗？这能算借助他人之手有计划地自杀了吧？哦，听说只要没扎到动脉，是不会死的。"

"不知道，肚子里有那么多器官。"南冰以手比画着说，"他下半身全是血，看不出来伤到哪儿了。"

"我陪你去看他吧？"

"谁？"她问。

还能是谁——"呃，关诚……"我犹豫地问，"要么，向海？"

南冰恍然大悟般地点点头，把拖把放到一边，直起腰冷静地说："哦，他一时半会儿还去不了监狱，应该去看关诚，毕竟我是在和他处对象。"

"行，那先去看关诚，再看向海。"

南冰的神色像是打开了某个隐藏的病毒文件般突然一滞——我立即意识到她想起了什么，条件反射地张开双手，仿佛要替她阻挡正扑面而来的无形火焰——好在这台高性能电脑在死机后三秒便旋即重启，她平静地说："对啊，他爸妈肯定会去，不操心向海了，反正我们去了公安局也起不了作用。"

在当下这个场合实在不知该接什么话的我只好牵着她的手，没头没脑地问："你有零钱吗？"

- 04 -

等南冰收拾好了，我和她一起走出门去，见到坐在单车上的禾仁康正以单脚支着地，把一个速写本搭在车头上，弯着脖子涂涂写写，像一棵身子细长却枝繁叶茂的树，迎着阳光长成倾斜的姿态。我有些舍不得开口叫他，只想再等几分钟看看会不会有鸟儿在他浓密的头发里筑巢。

"就这人跟你要钱？"南冰边解外套扣子边说，"像他这样的美男子啊，姐一个能打十个。"

"亲爱的，别误会。"我拦住她，"确实是我欠他钱。"

"不误会。"她撸起袖子，痞里痞气地一笑，"你想要多少钱？"

得，在南冰真动手抢人钱包之前，我赶忙朝禾仁康走过去。那么单薄的一个小身板儿光是被陌生人蹭车跑这么远已经够呛了，再被女流氓这么勒索一下，恐怕他要对整个社会的人情冷暖产生质疑了。

一张红色纸钞伸到眼前才终于使他停下笔，抬起头说："我找不开。"

"我零钱不够，还是给你一百的吧。"我把钱放在本子上，"今天真的谢谢你。"

他合上本子，修长的手臂往身后一够就解下了挂在车座上的一兜菜，递给我说："那你拿着这些。西红柿我可挑的最贵的，荷兰豆要清炒才好吃。"

接着他一脚踏上脚踏板就要走，又被我拽住了后座。

"小姑娘，这边很好打车了。"他委屈地转过脸来。

"我以后……"——不是可以不可以——"还想见到你。"就算被误会成狂热粉丝，脑子有病，花痴少女，也认了。我摊开手掌说："把你电话给我。"

禾仁康愣了三秒才犹犹豫豫地摸出笔。

"男子汉，干脆一点儿，我不会把你怎么样的。"说这话的我已经涨红了脸，毕竟这是我第一次跟异性要电话，表现饥渴得好像已经守寡了二十年似的。

他把电话号码写在我手心里，不知道是不是视力不好，头很低，呼吸弄得我痒痒的，笔尖每一次落下，皮肤像是被鸟喙在啄。

"如果没理你，是因为我在画画。"他抬起眼时笑了，轻轻把我的手掌合拢。

我捏着拳目送他骑车远去，为自己拼尽全力的不要脸感到庆幸，假如不能再见他一面，我肯定后悔一辈子。

"他是谁？"目睹这一切的南冰困惑地问。

"禾仁康。"因为我和她提过许多次，所以不需要再多做介绍，"我以为他应该很老了，没想到这么年轻，却能画出那样的……"

"你啊——你。"她打断我，目光竟有些怜悯，却也没有再发表更多高见。

- 05 -

终于能从一早就开始的紊乱状态中歇会儿了，回到家后我才想起自己昨天和丁兆冬睡过一张床——站在浴室里，内裤上的血迹钻心挫骨地提醒我——确实有什么东西从我身体里飞走了，倒不是在意那个在黑诊所里花八十块钱就能修复的玩意儿，而是一种摸不着的，精神上的什么，不见了。

打开淋浴头，我挤了些洗手液在棉布料上，用狠劲搓得指尖通红，直到什么也看不见了才拧干了转身扔进垃圾桶里，接着开始洗身体。

结束了一场鸡飞狗跳的闹剧后有了空间和时间审视自己的我，站在充沛的热水中感觉像被孤独地浸在烈酒坛子里，下半身原本只是麻麻木木并不明显的疼在此时此刻被由浅入深地激活，倒也不是刀削斧砍那般忍不了的痛，却使我哭了。

不过只哭了一会儿，我又"扑哧"一声笑出来，因为觉得自己边淋浴边流泪的情绪做作得像演戏，如果真的有观众，他们一定在不耐烦地翻着白眼等我说出早已烂大街的台词："我已经不干净了，我好脏……"

我不认为自己脏。

我也不认为有什么不值得——

我只是有无处发泄的委屈。

在纯粹的生活之外，我负担得太多了，这额外的重量已经远远超过了我本该承担的，可是一旦我逐字逐句地描述出来——

因为没有足够的钱安顿妈妈和自己的生活所以我做了心不甘情不愿的事情——

这样子概括，轻巧得好笑。

并不是无路可走，五万十万块已经足够解我燃眉之急，这样的数额当然不会是我这一生的价值，也许三五年就可以挣到，可是我等不了。

这三五年中的苦，我不愿吃，更舍不得妈妈吃，而这世上有那么多惨绝人寰的悲剧，于是每个人都可以指着我轻蔑地问："你有我惨吗？你有他惨吗？"

没有——我没缺胳膊少腿，没有风餐露宿，我并不可怜——

所以我的痛苦显得矫情无比，甚至有些滑稽的华丽，完全没必要大书特书、鬼哭鬼叫，是这样张着嘴却无从说，空空洞洞到响起呜呜回声的委屈。

"你想搁里面过年吗？"南冰在敲门，"再磨蹭下去，我怕见不到关诚最后一面了。"

是她提议说反正关诚得先进手术室，自己刷了一宿地板也发臭了，不如先到家里洗个澡，顺便捎上在睡懒觉的许雯雯一块儿去看望他。

"要不人家先走了？"许雯雯急吼吼地说，"关诚的裤子都快穿上了。"

许雯雯听说关诚受伤的消息时立刻联想到的是：做手术得脱光。为了能看一眼这个穿衣有料的帅哥是不是脱了后更加牮气冲天，从床上跳起来的她连饭也顾不上吃就穿好了鞋子要冲出去打车。

"干吗呢？随便冲冲就好，反正医院里面也脏。"南冰又叫了一声"艾希"后，索性推门进来，不等我反应，她已经"刺啦"一声拉开浴帘。见到我咧着嘴笑却满眼挂泪，她眉头一皱，二话不说抱住了我。

"你都打湿了。"我话虽这么说，却也抱住了她。

她无所谓地说："反正也要洗。"

我心安理得地把脸埋在她肩膀里，由着她摸我还没冲掉护发素的头发，哄小孩般轻轻摇晃着身体。我哽咽着想说明自己为什么哭，出口却是破碎的句子："我已经……丁兆冬他，昨天，我和他……"

"嘘……"她轻拍我的后脑勺，温柔得像是在逗小狗般地说，"没事儿，宝贝儿，我们没事儿了啊。"

正在我情绪逐渐平复时，许雯雯大叫着破门而入："就是给大象搓背也该洗完了吧？"

光着的我条件反射地发出一声尖叫后躲在南冰身后，她也如临大敌般张开手臂替我挡着。

"叫屁啊！你有的我都有。哎哟喂，就你那二两肉跟我面前和刚开始打雌激素的人妖没差别。"她眼珠子一转对着南冰总结道，"你就是个男的。"

"瞅瞅，这是找死不等天黑呀。"南冰压低声音坏笑起来。

许雯雯立即双手护胸，紧张地问："怎么着？人家撞破你俩搞百合的现场了，要杀人灭口？"

南冰头也不回地叫了一声："亲爱的。"我立即心领神会地摘下了莲蓬头，朝向我们共同的敌人喷射。

"小婊子啊——老娘的睫毛膏！"穿着母鸡黄色大衣的许雯雯被水柱冲得一阵阵尖叫，慌乱地挥舞着一对鸡翅膀似的双手落荒而逃。

我俩相视一笑，湿漉漉的南冰看起来更加唇红齿白，已经不再是早上见到的那副失魂模样。

她抬手把刘海往上一抨道："还要抱吗？"

"不要了，你的胸把我硌疼了。"我摇摇头，把她推了出去。

"小丫头片子，没穿衣服也敢这么嚣张？"她作势要扑过来。

我赶忙把浴帘一拉，嘻嘻哈哈地求饶，看她隔着塑料帘子张牙舞爪了一会儿，突然不动了。

"傻丫头，什么也没变，你还是你。"她说，"是我们家艾希。"

"嗯，好。"

- 06 -

我们到医院的时候，关诚还没从手术室里出来，他的乐队哥们儿都在，听说没伤到要害，只是缝起来也要花四五个小时，已经不算小手术。

知道他不会死，我们都松了一口气，许雯雯才得空想起来不用脱衣服的向海："咦？你竟然没先去看他？"

南冰双手抱在胸前淡淡地说："有什么好看的，他活该。"

"真稀奇。"许雯雯嘀咕，"还以为你有那种他杀了人吧你也杀个人，就为陪他进监狱的觉悟——"说罢，她又忙不迭地劝道，"不过你可别冲动啊，再像个男的你也缺个把儿，进不了男子监狱的。"

"想住在男子监狱里终老的是你吧。"南冰立刻反击。

许雯雯并不介意，反而向往地说："行啊，就和向海关一间房，一辈子一眨眼就过去了。"

我插嘴道："不行，南冰不要向海了那他也还是她的，轮不到你插足，我不答应，整个北京都不答应。"

"喊，向海又不是什么纯洁处男，人家替他收心可是做善事儿哦，知道不知道男人乱搞男女、男男关系老得快啊？他那么俊的脸要是走形了，才真的是犯了大罪。"

我们站在走廊里贫嘴没过多久，终于做完了手术但还没睁眼的关诚被推了出来。

众人齐刷刷地跟着医生护士推着车走进病房，听医生说麻醉劲儿过去还要几个小时。他乐队里的人在屋子里站了一会儿，南冰见他们也没地儿坐，就劝散了。

屋里没了外人后，就怪我和南冰一个没看住啊，许雯雯以迅雷不及掩耳之势跳到床边去掀起了被子。"Oh——My——God——"发出细声细气的尖叫，"真的没穿裤子。"

"去！"南冰一巴掌下去拍在她手上。

"骨头都被你打断了！"许雯雯撒了手后边揉着边撇嘴，"衣服太长了，关键部位看不见……不过出了好多血哦，向海下手可真够狠的。"

南冰听了担心地掀起被子看了一眼，关诚穿着的手术服上确实有不少新鲜的血迹，他身下的被单上也有。她立刻走出去找人问是怎么回事儿，同时不忘嘱咐我："看紧蚊子，不到两分钟就足够她把关诚给吃了。"

结果医生说这是术后的正常现象，还要溢会儿血。

"妈的……"南冰疲态尽显地在床边的椅子上坐下，盯着面无血色的关诚长叹了口气说，"净叫我操心。"——我想，这句话既是说关诚，又是说向海。

- 07 -

由于有我和南冰坐镇，许雯雯近不了关诚的身便造不了孽，她待了没多久后觉得无聊就走了。我买了些水和食物后，南冰说接下来她一个人守着就好，让我忙自己的事儿去，我不愿走，舍不得留下她一人，也怕自己一旦闲下来就有空想起丁兆冬。

这间病房里就两张床，旁边遮得严严实实的帘子里躺着一个无声无息的人，我见床尾的椅子一直空着，便拖过来坐在南冰对面，看她用指尖轻戳关诚的脸，抚摩他下巴上的胡楂儿。

我看着她的黑眼圈说："要不你睡会儿吧？"又抬头看一眼半满的点滴瓶说，"我盯着就行。"

"你带唇膏了吗？没色儿的。"她答非所问。

关诚鼻子里插着氧气管，他微张着嘴发出"咝咝——呼呼——"的呼吸声，嘴唇干得裂开了浅浅的血口。南冰用我的唇膏小心地沿着唇线为他抹了抹。

病房里的白炽灯，在她头上形成了光环。

我忍不住问："你和关诚是真心的吗？"

她看着他的侧脸微笑："这还能有假？"

"那向海怎么办？"我不是第一次这么问，但这一次却更为急迫，毕竟他为她闯下这么大的祸。

她没回答，只是抬手托着上半张脸，从嘴里吐出一团心烦意乱的气。

我们又聊了一会儿以后的事情，南冰说酒吧的工作是做不久了，不想变成个景点天天被人指着后背说闲话又不给钱，她正准备做点儿东西参加设计比赛，增加资历好为毕业后找相关工作打基础，同时为了进更好的公司报个班把英语再学精点儿考个证，还想要学车。

"你好，精英。"我冲她挥手，"再见，精英。"

她伸手过来拍我。"慢慢来吧。"她总结，"学东西要钱，干什么都要钱。"

"嗯，都是钱。"我点头附和，心里也为今后要如何生活打算起来，毕竟丁兆冬给的钱一分也没留下——不是花给自己的话，至少挽救了一小片正脱离我而去的自尊——这种自我安慰实际上使我感到更加渺小又拧巴，像个脸面白净却衣不蔽体的乞丐。

直到我俩都迷迷瞪瞪快一头栽倒的时候，关诚总算醒了，南冰也立刻来了精神。她的笑意来得那么突然又自然，握住他的手贴在自己的下巴上说："叔，你还认得我是谁吗？"

关诚失焦的视线逐渐聚集起来，伸出食指刮了刮南冰的鼻尖，笑得虚弱而满足地说："你在我这儿呢。"

她语气心疼地逗他："神经病，那我还能在哪儿？"

我看着她看他的眼神，相信她对他确实是真心的。

只是真心有重量，她就这么一颗又生不出新的来，于是分得再均匀，也有足以丈量轻重、精确分毫的差异。

曾经的我对整个烟火人间是冷眼旁观的，认为随波逐流即是同流合污，如今却从他们冻结的脸上，看见了与世沉浮的自己。

第二章
chapter - 02

- 01 -

当我们面临人生中至关重要的分岔路时，实际上每个人都知道该往哪边走，而大部分人又偏偏不肯去，甚至会故作深思熟虑的姿态说服自己走另一边——因为对的那条路——太他妈苦了。

考重点学校要做太多试题了，换一所普通的去上要轻松得多；坚持锻炼身体太苦闷了，坐在沙发上玩游戏就开心得多；写一份精益求精的文案有些烧脑，随便点点鼠标刷刷网页等下班才比较舒服。

不努力什么也得不到，可是努力了也不见得就能得到——有了这样狡猾的理由傍身——许多人干脆打一开始就摆好一个安逸的姿势，一副世外高人、大智若愚的样子。正当壮年的他们无论是名还是利，什么也没摸到就高调地归隐山林了，活得像个看破红尘的老人家。

我比他们要得多——比起一张还行的文凭，比起一身简装的生活，比起一份稳定的工作——要多得多，多很多，而我也明明不想辛苦的，却无路可退。

从过去到现在，随着我每往前迈一步，身后的台阶便支离破碎——

从丁兆冬那里以肉体换真金的交易，因为并不难，显然这条路的答案，是错。

错又如何，即使时间倒流，我知道自己还是会做出同样的选择——当然来时的路也早已不复存在。

而现在的我每一天都举步维艰，只好安慰自己也许正走在对的路上。

保障日常开销的快餐店工作不能辞，作为低薪补贴的一些零碎画稿的活儿也要继续接，而我还得一趟又一趟地从二环里的东城飞去六环外的昌平，帮妈妈收拾店铺、设计招牌，以使之尽快开业。

我每天都在奔跑，在追公车的路上，在赶地铁的地下，没有华丽的裙子也没有水晶鞋，穿着耐脏的黑色外套站在乌烟瘴气的地铁里，倒映在车窗上的我狼狈而凌乱，是一只疯狂旋转的陀螺。

把时间掰开了揉碎了的我，现在纯粹是为了生活而活，除了该死的钞票之外已经无暇顾及更多，哪怕只是一丝丝凌驾于现实之上的理想都像昂贵而无用的毒品般叫我无法承受。

贫贱使我麻木——是那种从四肢躯干到神经末梢都在痛，但无法察觉究竟是哪儿受了伤的麻木。

今天在店里被一个嚷嚷着要用筷子夹薯条的醉老头儿隔着柜台把我

的胳膊抓红了，若不是许雯雯他们出手阻拦，他能把我拖回家里去做儿媳妇。

也不知是不是他有意报复，离开时竟在门口呕吐了一地，顿时引起客人们的尖叫和其他店员的不满，他们都认为是我的责任。

清理的时候我以为自己会哭，可是没有。

也许是太累了或是场所不对，我回到家后洗完澡，吹干了头发，抱着卷纸钻进被子里为即将到来的眼泪做足了身心准备，结果连情绪也来不及酝酿，闭上眼就睡着了。

隔天早晨起来后我洗把脸，边搽面霜边和下班回来的南冰聊天，她随口问我："这些天没发生什么吧？"

"嗯哼。"我摇摇头，"没有。"

换好了衣服下楼，我买了一杯豆浆和一个煎饼果子，在前往地铁站的路上吃完，接着若无其事地去上班。

我渐渐开始对自己的一切无动于衷，和擦肩而过的许多人没什么不一样。

曾经的我对整个烟火人间是冷眼旁观的，认为随波逐流即是同流合污，如今却从他们冻结的脸上，看见了与世沉浮的自己。

- 02 -

杨牧央没有再联系我。

丁兆冬竟然也没有联系我。

我希望杨牧央失忆了，而丁兆冬死了。

- 03 -

我知道南冰像个可疑分子般"路过"派出所的次数，已经和她去探望关诚的次数一样多了。

昨天晚上用电脑给画稿上色时，我看见浏览器的搜索历史里全是"拘留所""斗殴""蓄意伤害""民事调解"等关键词。

今天在陪她去医院的路上，我忍不住劝道："就去看一眼向海吧，天不会塌下来的。"

"谁说的？"她有些神经质地咧嘴一笑，"万一真塌下来了，又轮不到你扛，当然说得轻松。"

"那倒是，反正个儿高的顶着。"我瞟她一眼。

"可不是，向海最高，头一个就砸丫……"她半认真地说，"那我只好把他打趴下了。"

"要么我先帮你进去看一下？"我小心翼翼地问，"也不见得他父母天天守在里边喂他吃饭。"

她讪笑："又不是参观清华北大，哪儿能是你说看就去看的，再说了可能他早不在里面，已经滚去蹲号子了——"说着，她无名火起地骂道，"都多少天了打个电话给我都不会吗？好歹告诉我一声还活着啊，这个弱智。"

今天的病房里有点儿热闹，关诚的父母来了。

他的爸爸是个穿着皮夹克的瘦高个儿，后脑勺扎个辫子，头发白了一半，嘴里操着字正腔圆的京片子，五官立体而神色凶狠。妈妈则穿着小旗袍，梳着复古的发髻，脖子上还挂着珍珠项链，一副旧上海歌舞厅里唱"满场飞"的歌女模样，张口却是正宗的台湾腔。

"你这个孽子哟，你学人家打架哈！你不怕死哈！"她每说一句话，就用一直悬在空中跷着兰花指的巴掌拍一下儿子的脑袋，"你跟我回台湾！"——"啪！"——"你跟我回台湾！"——"啪！"——倍儿有节奏，但其实只是声音大力气小，换个北方女人来这么几下能给打成脑震荡，关诚不用出院了。

因为这画面这音效看着很有一种20世纪90年代琼瑶剧的做作效果，我和南冰还以为自己在看电视呢，一时间竟无视了关诚的连声呼救："够了啊，够了——妈，唉，别打了！"

虽然觉得打不死，但考虑到滴水也能穿石，南冰还不想要一个脑袋开孔的男朋友，所以上前拦了一下说："阿姨，您误会了，他是挨打的那一个。"

关诚斜睨了南冰一眼，明显不满意她如此打压自己的男子气概，但又无可奈何地点头承认道："我没打架。"

"你是哪位啊？"阿姨毫不遮掩地把南冰从上到下打量了一番。

"她叫南冰，是我女朋友。"关诚说。

"阿姨好。"南冰笑得忽如一夜春风至似的，"我打一进门还以为关诚他姐来了呢，您看着也太年轻了，我都没敢认。"

阿姨"嗯哼"一声伸长了脖子点点头说："不错，比上一个好多了。"说着，她又打了关诚一巴掌，"臭小子，这回别再偷偷领结婚证了。"

突然出现一个这么不得了的情报，我张大了嘴转过脸去看南冰，瞧她一副若无其事的样子看来是早知道了。

"都离了多少年了，上辈子的事。"关诚无所谓地接话。

"你是逍遥了，也不想想多丢我的脸哈？那个女人老得都能做你第二个妈妈了。"

关诚拦住他妈又准备落下来的一巴掌，转移话题道："好了，妈，你们到底是来做什么的啦？"——口音果然会传染，此时此刻话尾有了点儿湾湾腔的关诚，和金城武更加形神合一了。

他妈还拖着行李箱，看来是一下飞机就奔了过来。

"我宝贝儿子被打了，做妈妈的就是从美国飞过来也要支持你！我们一定要看着那个坏人被绳之以法……"

"是公安局通知我们来的。"关诚的爸爸打断了妻子的演讲，"对方的父母今天要和我们谈赔偿。"

我一听到这儿，不用南冰使眼色就随便找了个借口道别，抓着她匆匆往门外走，却在走廊里迎面遇上了向海的妈妈。所以说艺术源于生活，这一瞬间我以为自己真的活在电视剧里，只想喊一声暂停让我翻一翻剧本，好知道接下来要怎么演，如果南冰没有一个 happy ending，我就去把导演睡了，要求改戏——

好在生活到底是生活。

没有红着眼也没有扯着嗓子，没有任何值得一道的冲突，就是窗外瞎叫唤的鸟儿都能跟两个主角抢戏，她和她就像陌生人般视而不见地擦身而过。

她们的视线绝对是相互擦过了对方——如果这是两粒"嗖嗖"出

膛的子弹——南冰的耳垂已经被划出了一道血口，至于向海的妈……应该毫发无损，因为即使穿着十厘米高的高跟鞋，她头上那顶镶嵌着金色LOGO 的宽檐帽也还是低于南冰的视平线。

前后才不过两秒钟，我的心脏起码颤了两百下。南冰脸上那一副淡漠的表情，几乎要让我以为认错了人，可是整个中国能有几个女人像钟阿姨这样穿衣服，从头到脚一身行头几十万全是一个色儿的，像和一条两块钱的火腿肠一个车间里出来的，所以向海的品位绝对有遗传基因在作祟。

我被南冰能把《甄嬛传》里全部角色包揽的演技镇住了，忍不住回头看了一眼，见到那位穿火红套装挎着鲜红包的女人跟着警察走进了关诚的病房，才终于认定了那就是向海的妈，而他爸没有来。

"就是她没错——"影后南冰还有一个特技就是读心，径直朝前走的她淡淡地对我说，"打老远就看着一盏会走路的落地灯，你说这日出日落的，崇文宣武都划进东城西城了，还真就有人是八百年过去一点儿也不带变的。"

"向海的这对爹妈啊缺品缺德就是不缺钱，也好。"我挽着南冰说，"要不了多久，向少爷就又能出来翻江倒海了。"

"只要他别再犯二了。"南冰忧心忡忡地说，"关诚也是记仇的人。"

- 04 -

当南冰把手头工作都转交给新人后，就正式从酒吧里辞职了，极为不舍的老板甚至提出加薪来挽留——

"她应该给我分红才对，每天有多少人组团来参观血案现场？也不算算老娘拉动了多少营业额！无论新人老客就是给白开水添冰块都恨不得点名叫我，明着背着一口一个'是她''就是她'，不知道的还以为我是个十八线女明星被发现在坐台。"南冰坐在皮革沙发里跷着二郎腿抱怨，"我就该挂个牌子，写上'红颜祸水就是我'，再加上一句'别他妈再关心老娘的心理健康了，比你妈好'。"

许雯雯也把快餐店的工作辞了，她是为了做双眼皮手术，这就是为什么我和南冰要坐在整容医院的大厅里接受四面八方的女同胞们肆无忌惮的猜度视线。

"她们不会以为我俩是整的吧？"从头到脚纯天然的我极为不自在地扭动着身子说，"应该戴口罩来的，万一被拍了流传出去，给熟人看见了我百口莫辩。"

原来整容医院里面并没有什么before和after的对比海报，雪白的大理石地面，宽敞合理的空间分割，鲜花、饮水机和前台，看起来和SPA会所一个样儿，我简直想在许雯雯躺手术台的时候，和南冰一起做个按摩，敷个脸。

当我们一行人走进来时，负责接待的咨询师全程无视我和南冰，亲热地握住了许雯雯的手，一口气从额头到下巴推荐了整张脸的项目，直到把抽脂、美白都说尽了，她才又转过脸来极为艰难地观察了一会儿我和南冰，最终将目光停留在了南冰的胸口上。

在她开口之前，我连忙表示我俩只是陪朋友来的什么也不做，她才合上了嘴领着许雯雯像搂着财神爷似的欢天喜地地走了，不晓得自己被我救了一命。

"真颜不怕火炼。回炉重造的次品始终是次品，人工和天然的还是有差——"南冰正在百无聊赖地翻着茶几上的美容杂志，"给她们一百万要能整成我这样儿，我叫她妈。"

她这把低沉沙哑的嗓子平时说话就跟嘴里含着烟似的虚虚实实，这会儿因为大厅里太安静，这烟圈儿竟任性地飘到了在场每一位客人的耳朵里。

我见到全场老中青女性齐刷刷地看过来的神色好像听到了号角要开战似的，忙不迭地补一句："那人工美，总好过天然丑吧。"

"这话实诚。"南冰不知道我在救场，头也不抬地说，"与其睡一个天然猪头，我宁可娶个充气娃娃。"说罢，也不知她是故意还是无意，为了换个坐姿而猛地一甩一米三的大长腿，高跟鞋的跟儿在空中画出一道虚晃的弧线后"啪"一声落地时，那清脆的响声几乎让我以为有个卫星被踢了下来。

这人吧生来脖子下面就自带两把长兵器果然方便，在不知不觉间就轻易化解了一场危机。

原本嘴里唾沫都酝酿好了的女人又一个个给咽了回去，谁也不想大好的天儿出来美个容却死于长腿怪的连环踢，而且假鼻子假下巴的挨一下要是歪了，那真是点火烧钞票。

"真够贵的，许雯雯做的这什么鬼欧式双眼皮，竟然要一万二。"南冰合上书后盯着天花板转动着眼珠子在心里数数，至少一分钟过去了才惊叹地说，"不得了，我家皇太后送了我不少钱哪，二环里一套公寓吧，还得算上车库和一辆 Jeep。"

"那以你的颜值再加上关诚的呢？"

"温哥华吧。"

"那要是你和向海加一块儿得住纽约了。"我笑起来，踢她脚尖埋怨道，"关诚有老婆这事你都没和我说。"

南冰无所谓地说："因为不重要，我又不是要和他前妻谈恋爱。"

"对你来说，什么重要了？"我在明知故问。

她笑靥如花地凝视着我说："你啊。"

真是个魔女。我要是个男人，现在已经趴下来抱着她的脚踝求她嫁给我。

"二楼手术室里的女人叫得好像在杀猪哦。"

"不是做眼睛吗？还以为不打麻药截肢呢。"

两个小护士手挽着手从我们身前嬉笑着路过时说道。一听到这话，南冰立刻打开杂志挡住了脸，而我条件反射地站起来想走，被她伸脚绊倒摔回了沙发。

最后，我们终于抱着生死与共的革命情谊相互监督着、扶持着，等来了完成手术的许雯雯，她眼皮上方贴着两块遮盖伤口的纱布，双手在空中胡乱划拉着叫道："姐妹们！我看不见了啦，要痛死人家哦，割下来的皮都够做包包了，流的血都够来一次大姨妈了——"

不愧是永远自带音效登场的许雯雯，所有人的注意力都聚拢在了她身上，想看看她的朋友是不是一条藤上的奇葩。

我和南冰自觉地站起来，心照不宣地往门外走。

结果她眼珠子朝下一溜，通过纱布的空隙看见我俩极具辨识度的长裙和细腿："哎哎，上哪儿去？我的个亲姐姐，倒是扶下我啊！"边嚷嚷着边径直冲过来，双手一边一个按住了我和南冰的肩膀。众目睽睽之下，我感觉被钦差押着游街似的，羞愧地低下了头。

"这两小时就掏干了我的全部积蓄，要几片面膜都不给，我去个超市空手出来还能得两包面巾纸呢。"许雯雯押着我俩路过前台时，还不忘为自己的顾客权益提出震耳欲聋的警告，"店大欺客！要是留疤了看我不索赔个一百万。"

来到马路边上打车，许雯雯拿出手机来自拍，左扭右扭的仿佛脸上戴的是墨镜，而镜片下面是一双安妮·海瑟薇的眼睛。

我问："这得养多久才能见人，你不上班？"

"Sorry 啦，要留你一个人卖可乐，等本公主消肿了就去陪高富帅喝一杯小酒、唱一首情歌，轻轻松松就挣你半个月的工资。"

南冰好笑地插嘴道："谢谢啊，不需要你给我们解释'坐台'两个字是什么意思。"

许雯雯一甩手说："讨厌，说什么呢！就算我真有想法，启旬也不会答应。"

"随便你。"

许雯雯听出南冰语气里的不屑，有些没好气地拉着我垫背道："哎，谁叫世上只有一个丁兆冬呢？艾希是上辈子拯救过地球吗？"

不等我回嘴，南冰像是狮子见了耗子般毫无战意地叹了口气说："这样，我们就假设艾希没出生吧，不不，假设世上除了你以外的女人都死绝了吧，那可还有三十几亿男人哪，你要怎么让丁老板看上你呢？"狮子懒洋洋地伸出了爪子"啪叽"一声拍死了耗子，"我看至少得拦下三个原子弹吧，让群众做主把他赏给你。"

我感激地看着南冰，她回了我一个不过举手之劳的微笑。

要不是出租车停在了跟前，许雯雯还想继续打嘴仗，见我拉开了车门，她才不甘心地边钻进去边说："风水轮流转，指不定到最后男神们都跪舔我。"

- 05 -

关诚出院后回到酒吧继续唱歌，因为成了一个"有故事的男人"，他的乐队比过去更火了。

工人体育场那一带传奇多得能批发，哪一出血案没搭进去几条人命的，路人都不屑传播，可谁叫这起案子里的主儿们长得美呢，又是主唱又是富二代的，赤裸裸的鲜肉和火辣辣的热血，混合出好一场虐恋情深的言情大戏，叫文艺青年与好事男女们把故事颠来倒去地编排了一个月都不嫌烦，女主角的身份也从混血模特儿升级为没落贵族家的小姐。

当然我觉得任何头衔颁发给南冰，无论多么玛丽苏，她都是受之无愧的。

现在她光脚穿着高中时的运动裤，蜷着腿坐在地上，半个身子趴在茶几上伸长了脖子画画，梳了个露出光洁额头的苹果头，眼前铺了一桌的白纸将卵黄色的台灯光芒反射在她脸上，使得素颜的她也美得像是被修图软件加了名为"浪漫唯美"的滤镜。

我有时也会想象，究竟要做些什么才能破坏她的美，剃光头？奇装异服？曾经看过一部电影，女主角的面容上遍布着旧伤，苍白的身体穿着邋遢的囚服，可是她一抬起头来睁开眼，就像是被揭开封印的诅咒，美得惊心动魄。

南冰就是这样的女人，她们的美不是来自易逝的容颜，而是皮肤下和眼睛里呼之欲出的生命力，仿佛她们的血液是金色的，在每个夜里像银河般散发出盈盈的光，湍急而宁静地流动。

"艾希，你每次这么含情脉脉地看着冰冰，我都以为自己在看 A 片的前戏。"横躺在沙发上做面膜的许雯雯，拿着电视遥控器对我作势比画着说，"哎哟，能不能把穿着衣服的部分快进掉？"

"你的眼睛睁得开？"我捡起身边散落的废稿纸团扔向她。

她边拿遥控器当球拍一挥把纸团又打了回来，边说："开了眼角后，我感觉看世界更清楚了，你的脸也没以前那么小了。"

"那你照镜子一定也发现你的毛孔比以前大了。"我闪开攻击后继续趴在茶几这一头画稿子。

听了这话，撕掉面膜的许雯雯跳下沙发走向浴室，不一会儿我就听见了手机拍照的快门声。

虽然半个月过去她的眼皮已经消肿了，但我总担心她的眼珠子随时从凸成保龄球的眼眶里掉出来，南冰甚至肯定她的手术失败了，不过从她每天把内存挤满的自拍频率来判断，本人应该很满意。

"赵 bitch 有没有坑你稿费？"南冰头也不抬地问我。

每次当着南冰的面画赵碧琪的稿子，我总有些卖国求荣的心虚，所以下意识把白纸盖在了上面，语气平淡地说："付得挺及时的，也不是单给她画，别的杂志也和我约稿了，不过最近她给了我一个大单，是成语故事的配图，有五千块。其实多接触几次以后，我发现她没太多心眼……"

南冰对我因钱折腰而为赵碧琪洗白的辩解不感兴趣，她打断道："你不画自己的东西吗？"

"嗯？"——我不是正在画吗？

她盯着我的眼睛说："别抛弃你的梦想，她还是个孩子。"

——哦，原来是说我的原创作品。想画啊，可是……默默无闻的作者，横空端出一本书来，恐怕是相当难卖给出版社的。关于无名新人在业内的艰难处境，我有千言万语要说，可是又觉得累，是一种张开嘴就犯困的疲累，因为发再多牢骚也不会改变什么。

所以我只有转移话题："你的参赛作品快完成没？"

南冰又俯首将注意力集中在画满了瓶瓶罐罐的 A3 白纸上说："快好了，我们包设——"

"不射不要钱！"许雯雯的声音突然远远传来。每当南冰将自己所在的"包装与设计系"简称"包设"时，她就生怕错过全宇宙最低级笑话颁奖礼似的要一次又一次地，逮着机会展示她出生于黄色星球的基因优势。

南冰果然把白眼从北半球翻到了南半球，转了一圈后用口型冲我说："低级。"

然后我俩对视一会儿，直到憋不住低级的传染病，低级地笑了起来。

画完以后，我把地上散落的废纸收拢，和厨房里的垃圾一起装袋准备下楼去扔，南冰怕外面天黑了有跟踪狂，站起来要一起去，我边笑她操什么老妈子的心边打开门，却见到昏暗的过道里有个人贴墙蹲着，我吓得往后一退，想着真是说什么来什么，定睛一看，竟是向海。

　　他瘦了些，也可能是头发没有抓发蜡，平时支棱着的刘海这会儿萎靡地盖着眼睛所以显得人也憔悴了许多，脚边有不少烟蒂，难怪我们一直闻到若有若无的烟味儿，也不知道他在门外待了多久，南冰还说这楼真是不能住了，哪个点儿都有人炒菜。

　　他见到门开了便诚惶诚恐地站起来，也许是蹲得腿麻了，上半身蹭着墙壁像是没了腿似的动作艰难。

　　南冰看我挡在门口没动，边问："见鬼了？"边把我拉开，然后她像见了鬼般，一动不动。

　　我觉得自己有一年没见到向海了，对南冰来说，可能是十年。

　　向海动了动嘴唇却没发出声音，那个紧张的口型是"冰冰"。不等我想办法化开这个尴尬的气氛，南冰已经冲上去一巴掌把空气拍碎。

　　脸上挨了打的向海原本死灰般的面色立即回血，他终于吐出第一个字"对……"但不等他说剩下的两个字，南冰已经抱紧了他。

　　向海脸上的迷茫只有半秒，接着把脸埋在她的头发里，含笑的眼角也含着泪光。

　　他和她拥抱的时间太长，长得让提着垃圾袋的我不知所措。

　　是要说一声"借过"从门缝挤出去，还是和许雯雯并排坐好当观众，等他们从久别重逢里回过神？正当我面临选择时，躺在沙发上看电视的许雯雯嫌敞着门冷，坐起来搓着胳膊冲俩人响亮地抱怨道："老板，卡碟了！能不能快进啊？"

　　整个人像是被嵌进向海身体里的南冰终于慢腾腾地说："你好臭。"

"三天没洗头。"向海傻笑着回答。

- 06 -

最后我也没下楼扔垃圾，换了许雯雯极不情愿地去，其实我也有些替她可惜，因为现在浴室里的画面确实难能可贵。

南冰要给向海洗头发，叫我帮忙举着莲蓬头，她动用了十年有期徒刑的杀气才把色欲熏心的许雯雯镇在客厅里。

裸着上身的向海，蜷起无处安放的大长腿委屈地坐在塑料小板凳上，以我的视角看下去，只是背肌和脊椎线就价值一张全价电影票，对许雯雯来说应该价值一顿蒙古烤全羊。

"你是忘了吃药吧？犯什么病。"南冰边把向海头上的洗发液搓出泡，边不忘骂骂咧咧地教训他，"还好关诚没挂，不然你这辈子就搁牢里过吧，听说里面那床小得你晚上腿都伸不直，洗澡就干搓吧。"

"谁让你跟他睡觉——"向海顶嘴。

"呸！你看见我跟他一张床上醒来了？"

"没有？没有吗？"向海反复确认后大笑起来，吃了一嘴泡沫。

"今天也没吃药。"南冰生气地说，"你还当真想把他杀了？我怀疑你脑子坏得差不多了。"

向海闭着眼，像个孩子又像个变态般享受地说："无论是他还是别人，你要敢和谁睡觉，我一个个都杀喽，这样子的话，我他妈就是全世界和你睡过以后唯一活着的男人。"

南冰想笑又憋着声，故意恶狠狠地骂了一句："傻×。"

看着他俩毫无顾忌地打情骂俏，我真想替向海做主把这一刻暂停，无所谓自己会不会与暖烘烘的水汽融为一体，只想永远把他们包裹，永远不问窗外凉寒。

我是羡慕南冰的，从未停止过，她是我一个近乎完美的梦。

我想要的她都有，她是那种无论天翻地覆、海枯石烂，总有归宿的人——而我却是个在春暖花开、湖光山水里行走也惶惶不可终日的人——

"艾希，是兆冬哥找你哎！"

门外响起短信铃声，不等我反应，许雯雯已经拿起了我放在茶几上的手机。

她说："要你周日下午一点去见他。"

大人们并不见得比孩子们更勇敢、正确、善良，他们甚至有时比孩子们更懦弱、狭隘、自私。

第三章
chapter - 03

- 01 -

大约是在上小学以后，我就不再认为"大人是无所不能"的了，但还是认为"大人是绝对正确"的——即便不是绝对，但在他们做了什么，而我困惑不解的时候，那他们一定是对的。大人们——不算那些穷凶极恶的坏人——绝大部分的大人们，做出什么让我疑惑的事情来，一定是拥有正义的理由。

三年级时由于我的成绩拔尖，当时的班主任很喜欢我，常常给予我诸如上课走神时网开一面的好处。

直到有一天，她把正在上数学课的我叫出了教室，突然给了我一耳光，接着拿出期中语文考试的卷子，指着上面鲜红的八十七分字样。

她恶狠狠地瞪着我，却什么多余的话也没说，似乎全部交由我自己领会。

当时我羞愧得连哭也不敢，即使隐约觉得她无论是以老师的身份或长者的身份来打我，都是莫名其妙、毫无道理的——可是大人应该是不会错的——我以八岁小孩儿对世界有限的理解，为她编织了生硬的理由：恨铁不成钢。

她打我，是因为我考出了烂成绩，她心疼，所以才打我，她没错。

错的是我——

当艾曲生每一次辱骂我过后又解释"打是亲，骂是爱"时，我都相信错的是我——大人们骂我，打我，是他们心疼我。

成年后的我多半能猜到班主任为什么生气了，听说每个教师都有业绩考核，可能当时我的成绩拖累了班级平均分，影响了她拿奖金——怎么看，也不是一个正义的理由——而艾曲生为什么骂我更是全无道理，他只是想发泄而已。

大人们并不见得比孩子们更勇敢、正确、善良，他们有时甚至比孩子们更懦弱、狭隘、自私。

后来是怎么渐渐看穿了大人们的真面目已经不太记得了，他们犯了太多错又总是无能为力，一幕幕被我看在眼里，一次次失望，一天比一天更看不起他们。

现在我也是个大人了，有时也会幻想有个小小的我，八岁、十岁、十二岁的她，站在跟前昂起了小脑袋看着我、审视我。

她会看不起我吗？——我不知道——

但她应该是对我不满意的吧。

在她的想象中，未来的我会比现在更有本事也更有担当，二十岁时已经实现了梦想，因为有许多天才在还是未成年时就已经有了一番成就，当然也把妈妈从那个腐烂不堪的家里轻松地拯救了出来。

还好，至少我确实以理想的方式拯救了妈妈，虽然并不是以正义的方式。

曾经年少清澈的我没想过自己也会变成一副与大人们狼狈为奸的德行，可是看见妈妈不再紧绷的肩膀，看着她转过身来时轻松自在得犹似一汪活泉的微笑，我一丝一毫也不后悔成长成现在的模样。

足以维系妈妈全部生活的小店在今天正式开张了，而这小小的一切，是已经混浊的我给她的，是此时此刻的我，不是那个力不从心的艾希。

- 02 -

我们放了鞭炮，噼里啪啦漫天飞舞的红色纸皮里，戴着一双袖套系着围裙的妈妈被周拓从身后捂着耳朵，边鼓掌边笑。

"哎，看到妈妈这么高兴……"我难免动容地对站在身边的南冰悄声说，"叫我再遇见十个丁兆冬也行。"

结果却是许雯雯用尖叫搭腔："能不能收敛点儿，你也太贪了吧！"

虽然只是一间六张桌子的门面，我也不想在开张大吉的日子里太冷清，好在不用我招呼，南冰和许雯雯就带着一个等人高的开业花篮和她俩的前男友们来捧场了。毕竟关诚和苏启旬没见过我妈，而向海和王子睿曾经还吃过我妈做的菜。

向海买了个放在门口静静转动的那种"面"字霓虹灯，是他用跑车后座载着来的，拖出来时我真怕刮花了车漆；而王子睿送了个一套三十六双的筷子，难得他想到这么实用的礼物，听许雯雯抱怨过要是不提要求，他每一个节日都只晓得送她果篮。

门口一溜儿排开的花篮多半是来自和妈妈要好的老同事，令我意外的是其中有一个来自李老师。

当时店里有个小橱柜没有门，我想起李乐意会木工，就试探地问了下价格想请他来整一个，结果他过来装上门后，只吃了一碗我妈下的面就走了。

这个抠门鬼没收钱就算了，这会儿竟然还送来个花篮，也许是吃过我太多稿费分成终于良心发现了。

而另一半画风与众不同的花篮是来自丁兆冬的，六座簇拥成小山的新鲜百合散发出清冷高傲的花香，其婀娜饱满的贵妇身姿把旁边几百块一个的花篮给对比成了营养不良的难民。

我不知道江子芸是怎么向丁兆冬描述的，才能使他误会了这家开在居民区里的面店是开在东单的商场里，需要这么贵的花篮来装点——"这得好几千块一个吧！"——许雯雯用手机淘宝找了一圈没搜到，兴奋地挤在两座白百合山之间自拍了几十张，而她的头顶背景是一块"正宗北京炸酱面"的红色塑料招牌。

妈妈对我的这个"有钱男朋友"非常好奇，三番五次地叫我带给她看看，总被我以丁兆冬工作很忙为由拒绝。这话也不算撒谎，但妈妈每次叫我带去给他煲的汤，其实都进了我和南冰、许雯雯的肚子里，所以当她问到丁兆冬爱喝什么汤时，我真有些心虚。

想到自己喝掉了丁兆冬的许多汤，我用手机编辑了信息"谢谢你"——想了想——加上"妈妈"两个字变成"妈妈谢谢你送的花"给发了出去。

大约半分钟后手机屏幕上出现："不谢。"

不愧是日理万机的丁总裁，仅仅是发过来的两个字也能散发出叫人尴尬到想咳嗽的冷淡，骨子里总是对人不自觉地示好的贱脾性令我又鬼使神差地发过去："你爱喝什么汤？"

他一直没回我，估计是当我闲得有病。

- 03 -

周边居民被热闹吸引过来，很快店里就没地儿落脚了，南冰他们自觉地在店外支起了桌椅坐下来，好在天已经暖和了。

他们凑在一起头顶着头地俯身吃面，而我在帮妈妈做临时服务员，在忙碌间隙中猛地一回身看，还以为他们是我所熟悉的那群喧闹高中生，而其中还坐着杨牧央。

每次下馆子，杨牧央会帮我把早已松弛的校服袖子卷起来，然后用餐巾纸把筷子擦一擦才给我。

他讨厌吃香菜，所以每次我都会把他碗里的香菜夹走，顺便拐带漂在清汤上的一片肉。其实这种切得薄而无味的肉没什么好吃的，我是故意的，就想看他故作委屈地生气，接着理所当然地把剩下的肉也给我。

我总是在享受他的宠爱，像个吃撑了还要把蛋糕揣进兜里的贪婪鬼。

现在看着南冰在和向海悄声说话，看着许雯雯又在嫌弃地教训王子睿，大家都没变，只是这一幅仿佛穿越了时间的画面里没了我和杨牧央，突然有些害怕我们这些人要散，虽然知道天下无不散的宴席，可是那一天能晚来一些，再晚一些才好。

我把最后一桌客人的点单递给厨房后就忙不迭地在南冰身边坐下，问他们："味道怎么样？"

"好吃啊，就跟我们以前吃的一个味儿。"王子睿接话，"那是暑假吧？"

"是寒假。"向海看着他说，"当时我们还看见她弟了，挺沉默的小孩儿。哎？"他抓抓头发看着我问，"那是第一次去还是第二次去来着？"

"就光卖面啊？"南冰看着我用 PS 做的菜单，是一张稍微有点儿设计感的白底黑字印后过塑的 A4 纸，一幅幅彩色照片下写着茄子打卤面、西红柿鸡蛋打卤面、炸酱面、榨菜肉丝面和葱花酱油面。

"看情况，以后再慢慢增加些炒菜。"我边说着，边指了指冰柜，里面有北冰洋汽水和啤酒，"要喝什么吗？"

大家纷纷举手，王子睿站起来道："我去拿。"

"我觉得可以卖盒饭，先把菜都烧好了放着，到点儿了一勺勺地卖，省时省力。"许雯雯出起了主意，"就跟我们以前学校食堂那样。"

向海从南冰手里拿过菜单来问："这一碗葱花面十块，最贵的炸酱面十五块，太便宜了吧，挣得着钱吗？"

南冰把菜单又夺回来，好笑地说："让你来定价的话，才叫挣不着钱——没人来吃了。"

而向海就眯着眼睛看她，像是在听她说情话。

真喜欢这样的状态，我们这些人待在一块儿，漫无边际地聊着一些没有实际意义的废话，胳膊贴着胳膊，能感受到另一个人的皮肤透过衣料传来的热乎气儿，空气里全是人间烟火的味道。这一刻，我们每个人身上既不背负拯救地球的巨大使命，也不背负生活琐碎的烦烦扰扰，像是把这一辈子随随便便就过去了，不哭也不闹，说两句话，喝口水，轻轻笑一笑，弹指一挥间。

- 04 -

第二次来到丁兆冬的办公大楼，前台小姐不知道是已经记住了我的脸还是被嘱咐了不要拦一个学生打扮的女生上楼，她看见我便面露微笑地一鞠躬做出请的手势，于是穿着 ZARA 裙子的我融入进了各种名牌套装中，左边的女人挎着红色杀手包，右边的男人抬手看了眼劳力士。

我站在电梯里扯了扯裙摆，这已经是我最贵的一件衣服，原价一千六百八十元——三天两头去店里看——直到从八折打到六折才终于买下来。

随着电梯不断升高，神色紧绷的上班族们纷纷走了出去，最后只剩下我一个人。来到顶层后，烫着梨花头的年轻女助理从办公桌后站起来，毕恭毕敬地推开了办公室的门。

好久没见到丁兆冬了，穿着白色衬衫的他正托着下巴和站在办公桌对面的江子芸轻声讲话。他的头发还是梳得一丝不苟，服帖得像是十六级台风也吹不乱，浑身散发着干燥得近乎真空无氧的气息，仿佛雷雨之下，他的领口衣袖还是会像刚熨过一般挺拔。

很陌生。看着这个和我同床过一夜的人，我想，也许再花上更多时间相处，哪怕是数十年也还是会让我觉得陌生。

自从我走进这间房后，他瞟也没瞟一眼，当然我已经习惯了，要是哪天我出现时能第一时间被他热情招待，那我一定会拔腿就跑，因为太反常了，也许天上会掉下一架飞机来。

大约数分钟过后，他一一签好眼前的一沓合同，递给江子芸时的厚度经我目测堪比一本文艺小说。每次见他都是在涂涂写写，这让我产生总裁很好当的错觉，只要每天坐着签名就行，不过一想到那每一张纸上都可能产生几千万甚至上亿的项目，我又觉得这真是件危机重重的工作，一荣俱荣，一损俱损。

丁兆冬突然说话，却是边看手表边发问："现在几点了？"于是江子芸抬起左手翻过手腕来看表，刚张嘴就被他打断，"不是问你。"

半分钟的寂静过后，他终于忍不住瞥了一眼置身事外的我，才使我知道这人娇生惯养到戴着手表还需要有人给他报时："等下……"我把帆布袋翻得哗啦作响，又是半分钟过去后才从包底翻出了手机，"一点半。"

他皱起眉说："你迟到了。"

与此同时，我听见江子芸以难以察觉的气息叹了一口气，既惋惜又嘲讽，像是看见一个傻子自动自觉地把头躺在铡刀下。

"你不是叫我一点来？"我莫名其妙地眨眨眼，确信自己是一点钟左右走进的这栋大楼，迫于某人淫威在下了公车后还小跑了一段路。

"我是叫你一点整站在我眼前。"他转动椅子后上下打量了我一番，有些故作惊讶地嘲笑道，"你这穿的是什么东西？"

有那么一瞬间我不知道他话里的意思，当反应过来是自己遭到嫌弃后，只是抬了抬手又放下，做出了像是演员谢幕般的动作。

如果是南冰站在这里，一定会即刻针对他的轻蔑做出八百字不带脏词儿的回击，而我却只是哑口无言地穿着自己最喜爱的蓝条纹裙子，在此时此刻被他的视线扎得浑身刺痒。

浓郁的自卑与羞愤感突然从四肢末端滋生出来，噼里啪啦地打着我的脸，把耳根脖子全打红了。

"下午两点半的音乐会，赶不上了。"丁兆冬拉开抽屉拿出两张被精致信封包裹的入场券，轻飘飘地扔进桌边的黑色不锈钢纸篓，接着毫无诚意地淡淡叹了一口气说，"既然是因为你不守时而造成的损失，是不是该向我认真地道歉？"

我挺直了腰杆，理顺了气息，直视他的双眼说："好吧，多少钱？我赔你。"

他又露出了他那一贯轻浮犹如贵族面对庶民般的笑："不用赔，我并不是想要故意刁难你，这样吧……"他的手肘压在桌面上，食指玩味地划过下巴，咧嘴一笑时像是银白色的冷血动物吐出了芯子，"你就跪一下好了。"

我条件反射地笑了，因为既有些生气又有些失望——原来再有钱的人也玩不出什么新花样，不过是想要践踏别人的自尊而已——"我拒绝。"我昂首冷笑道。

"哦？"他扬起了声调听我解释。

"我是把自己卖给你了，但和你约定的事项之中并不包括受辱。"

"很高兴你并不为那一个夜晚感到屈辱……"丁兆冬的身体往后仰倒在椅背里，似乎完全不在意现场的江子芸，声线平整清晰地说着对我来说极为私密的话题，"可我也看不出你有什么享受，实话说，我也不怎么享受。"

好不容易褪去的红晕又重新爬上我的脸，不过这会儿就全是因为愤怒了。

他继续说："既然你不愿意下跪，总得有个道歉的姿态叫我高兴，还是说你其实是个不愿承担责任又没有礼貌的人？那我太失望了。"

"就算你是我的老板，我是你的员工，就算我犯了再大的错，大不了革职、赔钱，这天下就没有员工给老板下跪的法律。我甚至没有跪过父母，我要的不过是一个人最起码的尊严。"我的语速难得地快了起来。

"真有骨气。"他的双手拍在一起发出了清脆的一声响，"既然如此，让我提一个符合我们之间雇佣关系的要求，你不是我的员工，那你是什么呢？哦，我想我作为一个包养你的男人，该有些情趣。看来我们需要一个无伤大雅的小小惩罚，又不伤害你的自尊。"他突然转动椅子，侧身面对我说，"这样好了，你把内裤脱了。"

我的大脑像是被强行拔掉电源的计算机般漆黑一片，他说了？重新插上之后却是蓝屏的修复画面，什么？我短路了，有些不能组合他刚才说过的词语。

江子芸如一件摆设般始终一言不发地盯着前方，也正因为她的无动于衷，更使我以为自己产生了幻听。

丁兆冬重新翻开桌上的文件，同时拿着一支万宝龙钢笔敲了敲桌角，示意我看向那个似乎是丹麦某设计品牌的黑色纸篓，不耐烦地说："快点儿，别耽误我工作，不是每个人都像你一样对时间不在乎。"

- *05* -

江子芸陪我走进电梯时若无其事地说："一万八千块。"

"啊？"

"那两张音乐会的票钱。"她边说着，边按下下一层和第一层的电梯按钮。

我的呼吸漏了一个节拍，其实我大约知道会很贵但没想到会这么贵，不过归根结底就四个字：关我屁事。首先，丁兆冬关于这次会面的实质内容一个字也没提，他只要求我在几点几时出现；其次，又不是我要求去听这场贵到足够我带上我妈去新马泰一周游的什么鬼装高雅音乐会——

更何况，我压根不知道也没料想到今天竟然是一场约会！

我以为我和他是单纯的肉体关系，在赴这一趟约前还艰难地做好了"速战速决"的心理建设，哪儿想到他会安排出诸如小情侣谈恋爱才会有的行程？也许是我不了解衣冠禽兽，他们碍于绅士的颜面也想要人模人样地先约会再约睡。

电梯悄无声息地停在了下一层，江子芸走出去前意味深长又轻佻地扫了一眼我的下身，冷笑着说："他最近压力有些大……你就好些陪他玩玩。"

面对她轻盈离去的背影，我真的很想一脚踢过去，当然作为一只纯肉馅的大包子也只敢脑子里想想，再说了我裙子里什么也没有，要是走了光便宜了对面路过的西装男，更是杀敌一百自损三千。

凉飕飕的风携裹着凉飕飕的耻辱感包裹了我的两条腿。

不可能就这么回家，又是公车又是转地铁还有那么一段路要走，北京的妖风又大到能把吉娃娃吹得满天飞，我可不想被哪个闲人拍到裙底风光回去发微博，带着"一号线痴女"的标签变成热门话题。

我琢磨着是不是先进商场买条新的，再躲去厕所穿上，不过真要迎着店员异样的眼光说"不用包起来，我这就穿上"也无所谓，毕竟——当着丁兆冬和江子芸的面，动作猥琐地弯下腰在裙子里面哆哆嗦嗦半晌扯出内裤，再壮士摔酒杯般恶狠狠地扔进垃圾桶里——这么变态的考验，我都熬过来了，被当成变态而已，也没什么大不了。

若无其事地面对陆续进入电梯里的人群，我经受着心里虚、胯也虚的折磨直到底楼，终于能走出办公楼的我往大街上低头猛冲时犹如一头瞎了眼的斗牛，没冲出去多远就迎面与人撞了个满怀。

被对方手里滚热的咖啡泼了一身的我条件反射地发出尖叫，积压了一肚子的委屈与悲愤在此刻犹如火山惊醒般化作响彻天空的两个字喷薄而出："我×！"

我边忙不迭地用双手"呼啦啦"地拽拉着大衣降温，边抬头怒视肇事者："你——你……你你——"却因为映入眼帘的黑色连帽衫，将出口的话语变成了卡碟重播，"你……"

又是一身黑色装束的禾仁康被我激烈的反应吓傻了，瞪着眼也只会说："我……我……我……对不起。"他好歹熬出了三个字，接着才认出来我的脸，"啊！"

他惊呼一声，继而我俩相互指着对方异口同声道："怎么是你？"

一瞬间的茫然之后我立即收敛了狰狞的表情，捋了捋刘海，做作地收拢肩膀站成少女的姿势，也不知道还来不来得及挽回自己给他的印象。

两个人之间一时无言，直到他犹豫地开口："怎么办？要么，我给你洗干净好了。"

- 06 -

当禾仁康提议去他家时，我因为裙底真空而有些犹豫，盘算了一下坐单车后座的危险系数是否高过和单身男人共处一室，毕竟室内又没有东西南北风，好在他后半句是说："坐我的车。"

我跟在他身后边走边想，也对，骑单车大约是他的业余爱好，一个知名画家不可能外出全靠双腿蹬，对他来说一辆符合身份的代步小车必不可少——然后他停在一辆随处可见的电动三轮车前——红色的车身后半截是铁皮包裹的小厢，就和所有不想造成接客嫌疑的车一样，有张写着"接孩子，自家用"的白纸贴在拉门上。

现在我缩着肩膀坐在里面，抱着一幅原本放在座位上被牛皮纸包起来的画，由他在铁皮外捣鼓了好一阵才把车"突突突"地发动起来，载着我颠簸地前进。

可以看见禾仁康的画室，还可以见到各种半成品，近距离观察画布上的笔触，甚至能得知他使用的是什么画具——

我的亢奋难以抑制——哪怕他是个居心叵测的犯罪分子，或许会把我毁尸灭迹——假设真有这种天方夜谭般的奇诡概率发生在我身上，也无法遏止我想一窥真迹的渴望。

不过，我应该打得过他吧？我回身从小窗户里往外看，正方形的透明小格子外是禾仁康的后脑勺和瘦削的肩膀。我想，如果有一件武器，比如扫把之类的在手上，应该能敲晕他，他看起来太柔弱了。

窗玻璃有些陈旧得发黄了，这使得他的背影在方格里像是一幕电影画面，漆黑蓬乱的头发被风吹得像一团奔跑的黑猫，当他偶尔侧过脸去左右看看路况时，浓密睫毛遮掩下的眼睛在发丝缝隙中闪着细而尖锐的亮光。

这一幅文艺电影般的画面并没有叫我看得太久，很快他就停了车，转过脖子来冲我笑。这一刹那的感觉像是存在于二维屏幕中的人与我对上了视线，导致我产生了不真实的晕眩感。

原来我们已经抵达了目的地：霄云路。

比想象中要近得多，我还以为他会住在偏远一点儿的地方，能看到成山成海的杨树，还能见到马术俱乐部的队伍骑着马儿穿林而过。

谁能想到一个骑电动车的人竟然住在随处停着法拉利和兰博基尼的地段？我尽量不让自己的惊讶太明显，但看到他停在二层高的独栋楼房门外，接连两次输错密码时，我还是忍不住发出了犹疑的提问："你……不至于认错了家吧？"

"我的生日是什么时候来着……"他抓抓头发，认真地苦恼着。

我说："1月1日。"在人物专访里见过，真的很好记。

"哦，哦。"他恍然大悟，"然后再加上……"边碎碎念着边"嘀嘀嘀"地输入数字，大门终于应声而开。

铁门里面是个修剪得漂亮规整的花园，看那郁郁葱葱的样子应该是有请专人打理，花团锦簇中的米白色房子比从外面看起来要更大，走进去果然宽敞得令人发指，结构像是回字形的改良版四合院。

原木色的家具稀稀拉拉地贴着灰色墙面，每一件之间都仿佛隔着山山海海的距离，不过由于摆放得错落有致，具有经得起反复琢磨的设计感，也因为整体布置得过分洁净而素雅，使得室内充斥着神经质的洁癖气氛。

我跟在禾仁康身后朝里走，忍不住自言自语："看起来不太像画画的人住的地方。"

"房子太大了，我从来不待在下面，平时就在楼上。"禾仁康边往楼上走边逗猫般仰起脸轻声叫，"康米，康米——"随着两声哆哆的猫叫声传来，他扭脸解释，"妈妈以前叫我康康。"

一只身型几乎比小型犬还要大的挪威森林猫灵活地跑下来，跳进他怀里。

"好可爱。"我条件反射地捧着心口说，"能给我抱一下吗？"

他把咖啡色的大毛团子递给我，抱在手中沉甸甸暖烘烘的，乖巧柔顺得让我想把脸埋进脖颈的毛里睡一整天。我接着问："阿姨也住在这里吗？"

"谁？"他困惑地一顿后才反应过来，边上楼边若无其事地回答，"我妈妈去世很久了，和爸爸一起。"

在人生中最使我手足无措的情况之一，便是曾经遭遇天灾人祸的人向我述说他的过去。这时候该有怎样的反应才正确？我从来就没有得到过满分的答案，毕竟命运的长枪没有扎在我身上，始终无法感同身受。

哪怕是与我最亲密的南冰，对于在她身上发生过的悲剧，我也只能展现出一些浮于表面的悲痛，无论我说什么做什么都会显得有些事不关己的做作，柔声细语的抚慰或是暴跳如雷的愤慨，对受了伤的人只是雪上加霜。

还好当我仍在斟酌着该接什么话时，他已经跳转了话题："我的画室有点儿乱。"

来到二楼的我一直顾着玩猫，这会儿才抬起头来顺着他指的方向看，由于猛然跃入眼帘的景象太惊艳了，竟双手一松由着康米从怀里跳了出去。

回字结构的正中间原来是一间宽敞通透的玻璃房子，午后的阳光穿过透明的天花板毫不吝啬地洒下了一地鹅黄色的淡奶油，二十多个大小不一的画架凌乱地摆放其中，画布上的作品有的看起来已经趋近完成，有的只是潦草的起稿状态。

我小心翼翼地避开遍地的画具和画框，穿行在一幅幅作品之间，心脏剧烈地鼓动起来，仿佛被每一道色彩的力度来回拽着拍打。

真的很想一整天，不，最好一个月都待在这里，因为光是一幅画就够我仔细观摩数个小时，我可以不吃也不喝甚至不上厕所。

"你是一张张画，还是跳着画？"我难掩激动地在数个画架间反复走动，有些恨自己没多长几双眼睛，语无伦次地指着胡乱倚墙堆放的画作问，"放那边的是成品，还是不满意的？"

"是一些还没决定要不要保留的画……"禾仁康慢吞吞地说，"最后大约还是会废掉，怎么说呢，比如说恋爱，如果没有一见钟情，一旦有犹豫的过程，再想着要不要喜欢她呢，好不好呢，就都是假的，算不上真的动了情，画画也是，一旦想着好像还可以，又好像缺了什么，那就不对了。"

"可是它们看起来好美！"我惊叹他的浪费。在我眼中这些被随处乱堆放的画，每一张都完美得足以跨页印在教科书上，"那些是什么呢——"在犹如灌木丛般的杂物中，有一沓沓被防尘布遮起来的画，我边发问边迫不及待地跳过各种阻碍的画具，弯下腰去伸出手要掀开来一探究竟。

"啊，等一下，那些还不能看——"禾仁康突然慌了起来，忙不迭地也跳过满地的画具要阻拦我，却脚底一绊的同时"哇！"的一声抓住了我的裙子，最后还是摔了个脸朝地。

当我受惊回头朝下看时，趴在地上的他正好抬起头，却不是在看我的眼睛。

空气至少凝固了三秒钟之后才开始重新流动，他终于直视着我的眼睛，茫然地问："你怎么没穿……"

在他后半句话还没出口前，我和所有拥有强烈羞耻心的少女做出了一样的举动，尖叫的同时卸下了自己肩上的挎包狠狠地砸了下去。

好奇怪，这个人，只是站在我身边就让我难过。

他不说话，我难过；他笑，我也难过。

从他的发梢到指关节，充满了我所不了解的故事，这全部都让我难过。

第四章

chapter - 04

- 01 -

"一见钟情才是最纯粹的爱情，而日久生情更像是充满权衡计较的阴谋。"

这句话是禾仁康在接受某本知名时尚杂志访谈时说的，是他唯一一次也是唯一一句谈及自己的爱情观，那之后我再也没在书面上见过他回答这种带着点儿八卦味道的私人问题了。

当时我太小了，小到还没认识杨牧央，却也捧着少女心很努力地去分析他这句话的意思，比做任何一道几何题还要努力。

但我并没有摸索出最正确的解答，因为就我身边已知的各种爱情范例：比如父母，比如爷爷奶奶，比如从来没留过长发的小姑姑和烟不离手的小姑夫，比如隔壁爱穿白色高筒靴的姐姐和她正在交往中的同事……这些我所认识的大人，他们和伴侣在一起全是因为日久生情。

　　这是我第一次不认同偶像所说过的话，却也更将禾仁康的形象在脑内具体地描摹了出来，我想他一定是一个偏执而浪漫的老先生，曾经穿着中山装和一个梳着麻花辫的女学生有过或许轰轰烈烈或许懵懂暧昧，但最终失之交臂的初恋。

　　活生生的禾仁康正垮着脸坐在我对面，他一双深渊般的眸子被淡淡的黑眼圈裹起来，脸型瘦削，颧骨突出而下巴尖锐，他说话时像一支蘸饱了浓墨的毛笔，沉默时又像一把乌黑色的军刀，年轻而锋利。

　　虽然他说话的语气真的很像历经沧桑的老人家："唉，小姑娘，做人呢不要火气这么大，你说万一你手里拿的是刀呢？"他每一个逗号之间便夹着一声叹息，像是在劝我放下屠刀立地成佛，"这么一激动一劈下来，唉，一睁眼一闭眼之间我这一条老命就没了，啊，你的人生也翻天覆地了，啊。我是一了百了了，你这小娃娃今后的漫漫长路可怎么过？你过得了心魔你过不了法网……"

　　"您能别叨叨了吗？"我打断他，用力地把创可贴拍在他脸上，"这能都怨我吗？你这脑袋不还在呢，胳膊腿也健全着，不就脸上多几条小刮痕，大不了我赔你一盒创可贴搭上一瓶云南白药。比起我的清白，您一大老爷们儿真没多大损失，别得了便宜还卖乖。"边说着，我想起刚才发生的一幕，眼眶里又开始涌动起委屈的泪花来。

　　"别！别！千万别哭。"他忙慌乱地挥舞双手，接着一咬牙欲起身道，"我还是脱裤子吧。"

　　我"啪"的一声用力把另一张创可贴拍在他嘴角的划痕上。

　　他"啊"的一声被打落回座位。

原本他只需要被我的挎包砸一次的。

正当我气得提着裙子呼哧带喘时，从地上爬起来的他边缩起脖子边辩解道："好好说话别动手，其实我看过不少了，女生都长得差不多——"

"What the f——"这怒火正攻心还没熄呢又被丫给加了把油，气得我中国话也不能好好说了。

"别、别生气！"他见我重新举起"凶器"，立即反省，"我不是说你的不特别，我想说的是你的很漂亮——"他不晓得自己正站在熊熊燃烧的火灾现场，旋转着泼洒三十升汽油。

没等我手里的包重新敲在他脑袋上，禾仁康似乎终于意识到自己多说多错了，他闭上了嘴巴以实际行动来表达歉意。

他突然站起来一弯腰以迅雷不及掩耳之势褪下了裤子。

铅笔、白页速写本、小号颜料盒、水管笔、钱包、唇膏、钥匙、手机、一包纸巾和一包湿纸巾，还有一把折叠伞，我的帆布包里收纳的全部物件此刻在空中飞舞着，溅落在禾仁康的脸上和手上，我用不断吐出琐碎小物而逐渐干瘪的包一次次打在他身上，由于哇哇乱叫的他手舞足蹈地抵挡，使得周边的画架和各种画具也纷纷加入了漫天飞舞的战局，交响乐般的哐当混音中，情绪激动、视角紊乱的我只能在杂物构成的破碎画面中紧盯着一个鲜明突出的焦点：好白的屁股。

鼻梁和脸颊都被划出一道道小创口的禾仁康无辜地问我："扯平了吗？"

我把最后一道擦伤也贴上创可贴后说："扯不平，你们男生露个屁股算个屁。"

"那我前面也给你看。"

"能别说话了吗?"我叹口气。

短暂的沉默后,他说:"你把衣服脱了吧?"

手边没有武器的我抓起了桌上的一个马克杯。

他条件反射地一手捂着脸,一手瑟缩地指着我上衣的咖啡渍说:"我给你洗。"

- 02 -

因为怕我脱了外套会冷,所以禾仁康把自己的黑色羊毛大衣给我先披着,上面全是淡淡的颜料气味,使我想起学校的画室和最后一幅由于退学匆忙而未完成的油画,既安心又有些忧心。

他在水槽边把衣服洗干净后,坐在椅子上拿着吹风机很细致地一点点吹干,而我则坐在一边百无聊赖地盯着看。风筒里的热风一会儿撩起了他的刘海,一会儿摩擦过我的膝盖,不知不觉间我竟将他的轮廓又细致地一点点在心里摩挲了一遍。

他换了一件黑色的针织开衫,每一粒扣子都老实地待在扣眼儿里,雪白的锁骨被衬映得犹如乌云之上起伏的雪山。

有时我真的能看见他和杨牧央的模样重叠起来,明明是完全不同的两个人。

他们只有头型相似,蓬乱而浓密,干燥又柔软得像一团需要修剪的羊毛,只是我所了解的杨牧央是温暖的巧克力色,边角是圆润的,而他是漆黑的，浑身隐约散发的黑暗能量形成了变幻莫测的棱角，仿佛既能吞没我，也能刺破我。

"假如有一个人，在你见到她第一面时没有爱上，那么以后你也永远不会爱上吗？"我问得突兀，他关了吹风机茫然地抬起头，我补充，"你曾经在杂志上说过，只有一见钟情才是爱情。"

"你觉得不对吗？"他的笑容有一些傻气，仿佛我提出了一加一等于几的问题。

"假如你和那个人相处了很久，发现她特别好，又各方面都与你合拍，难道你不会喜欢上她吗？"

"喜欢和爱是不一样的。我可以喜欢咖啡，喜欢猫，但那不是爱情，至少我不会想要去为一杯咖啡一只猫翻山越岭。咖啡没了可以不喝，猫跑了可以再养，而爱是独一无二的，有就是有，没了就是再跋山涉水也找不到。"

"那她为你付出了很多呢？你也不会感动吗？"

"好喝的咖啡和可爱的猫也可以感动我，假如有一个人自顾自地为我做出了很多牺牲，那么我也只可能会感恩，甚至因为亏欠感去假装爱她，而实际上她只是感动了她自己。一个我不爱的人为我做得再多，对我来说也是多余的。"

我不甘心地追问："可你连一个努力的机会也不给她吗？这对她很不公平。"

"因为一个人有多好，又如何日久天长地努力对我好，最后我爱上她那才是对她最不公平的——接受她，只是我经过把她和别人进行对比后做出的一个理智选择——爱情恰恰是最不能选择的。"他像是在辅导对爱一知半解的小学生,在给出了明确的答案后又追加了详细的解析,"一旦在人群中爱上了一个人,她对我来说就不再是一个可以选择的人,即使她不爱我,甚至讨厌我恨我,我也控制不住自己要对她好,甚至她不要,我也要把最好的东西,把自己的一切都给她啊。"

"就算有道理,可是听你说起来真悲壮……"我也不知道心里为什么感觉湿漉漉的,以至于自己的音量也像是被暴雨冲跑了一半,"世界上哪有那么多一个人爱上另一个人,而那个人也刚好爱上她的巧合。"

"所以爱情真的是纯粹又残酷的东西。"他打开吹风机又吹了一阵,摸了摸布料似乎干得差不多了才关上,最后摆了摆手说,"那我还是不要碰,最安全了。"

"骗人。"——明明爱意涌动——在他的每一幅画上。

他没有听见我的轻声嘀咕,站起来把衣服展平了挂在椅背上,同时问我:"你爱吃什么?可以吃青椒吗?"

- 03 -

厨房很大,冰箱是我只在电视广告和丁兆冬家里见过的那种豪华双拉门的大块头,可是拉开之后里面却没有充沛的食物,一些蔬菜和袋装香肠、培根占了一格,其余的空间全是瓶装水,一半是罐装咖啡。

禾仁康在水池里洗菜,我主动拿着刀在边上利落地切开香肠的包装袋问:"要切片还是切段?"

他边洗手里的生菜边说:"切片,青椒炒香肠。"

"需要我来淘米吗？"我边飞快地落刀边说，"在饭蒸熟了后放一点儿切片的香肠进去，盖上再焖一会儿可以让米饭更香。"

他停下动作看了我一会儿，语气在流水声中显得格外清澈绵柔地说："你应该很会照顾人。"

我的心浮了起来。

接着，他转过头去，轻轻地笑了："以前我也照顾过一个人。"

我的心又垮了。

好奇怪，这个人，只是站在我身边就让我难过。

他不说话，我难过；他笑，我也难过。

从他的发梢到指关节，充满了我所不了解的故事，这全部都让我难过。

康米一直围着我们的脚边转悠，在开饭前，"看在来了客人的面子上，给你开个罐头。"禾仁康边说话边弯下腰往猫食盆里倒上鲔鱼，康米果然兴奋得直叫，不再缠着人而是将整张肉肉的大脸埋进碗里吃起来。

青椒炒香肠、蚝油生菜和海米冬瓜汤是他做的，因为他向我推荐自己买的土鸡蛋，我便随手用空着的平底锅煎了两个半熟蛋，他一个我一个盖在热腾腾的米饭尖上。

"哇……"他的筷子轻轻一夹鸡蛋，浓郁喷香的蛋黄就沿着焦脆的蛋清边缘流了下来，他赶紧夹起一口被浸润了的米饭送进嘴里，被微微烫到地轻呼着说，"真好吃，我爱吃半熟蛋，可是总做不好。"

"那我以后还做给你吃。"脱口而出之后，我才意识到以我们之间的关系，似乎以玩笑的口吻说这句话也是不合适的。

也不知是他太迟钝还是也不当真，随口就高兴地接话："好哇。"

我原本怕他反应过来后会气氛尴尬，想要找些话题，却又为此时的静谧感到舒服，结果我们也没有再对话，而是安静地吃着饭，时不时抬眼撞到对方的视线，最初两人还会礼貌地相视一笑，渐渐地我放松得像是在这一张桌子边与他相处了数年般，慢悠悠地吃完了这一顿饭。

只是胸闷的感觉一直挥之不去，我也说不上来是因为什么。回望自己的二十年似乎从来没有体会过这股无中生有的难过，仿佛偏头疼般，并不致命，却又足够使我感到日夜无边的烦扰。

吃完饭后，他坚持不让我帮忙洗碗，于是我只好坐在一边抱着康米看他，心里盘算着该说些什么。我想要一个合理的借口能让我一而再、再而三地来见他，我想要能自然而然地坐在这张桌子边和他再吃一次饭，两次、三次，我想要在他的每一碗饭上都放一个半熟蛋。

傍晚时的天色依旧很亮，早晨还算清爽的天空此时被颗粒粗重的雾霾遮蔽，形成了一幅沙漠倒悬在空中的奇诡景象。禾仁康站在门口目送我，如同站在漫天黄沙里般整个人虚虚实实的，让我想起《东邪西毒》里的张国荣。

我从小就不太喜欢张国荣，对于一个喜欢阳光又阳刚的男明星的小丫头来说，他的五官太普通，眼神太阴柔，气质也显得有些老气横秋——就是这么个我认为毫无可取之处的人——长大后在电影频道里再看，那张脸却让我有些恍神，被他看一眼，像是淋了一场雨。

原来有些美像是酒，是需要懂事了以后才够格去品的。

禾仁康有些像张国荣，不动声色地站在那儿，浓郁的悲伤气氛就在他们周身轰隆搅动，然而再一笑，那悲伤便毫不稀释地扩散开去，把企图接近他的人呛出眼泪。

"你还会来见我吗？"

他说这话时，我走出去一百五十米了，因为我一直在等着这个契机，所以每一步都走得有些磨蹭。"会啊，还会来的。"我转身大声回答。

他笑了，我心里还是阴雨绵绵。

他转过身去时的背影像是山峰上孤立的树，我被卷进了积雨形成的旋涡，不受自我意识控制地轰隆隆冲向他，"那个——"不自觉地伸手拽着他的衣摆，在他转眼看着我时，发誓般郑重地说，"我肯定还会来见你的。"

我明天就会来见你——其实我的真心实意是，我愿意现在就来见你。

- 04 -

我觉得我完了，告别禾仁康之后，我脑子里全是"大事不好"的呼救声。

回到家的我无心做事，白纸摊了一桌半天也没勾出一条线来，心浮气躁中拉开抽屉，把禾仁康为我画的肖像速写拿了出来。这张画被我小心地装裱在了木质镜框里，原本想要挂在墙上，又想到屋里还住着南冰和许雯雯，单挂我自己的脸也未免太羞耻了才作罢。

把画放在膝盖上摩挲了一阵，又摆在桌上看了一阵，每一条线都足够我看上好一阵，再看自己的画稿真的只想点一把火烧了。

磨蹭到深夜，我洗完了澡坐在床上心烦意乱地翻着书也看不进去，索性关了灯平躺着胡思乱想。直到南冰蹑手蹑脚地推门进来，我在黑暗中幽幽地道了一声"hi"，把她吓得后脑勺猛地往后一仰，撞到了挂衣服的架子。

三秒钟之后，她才因为想起许雯雯不在家而叫出声来："什么鬼！"

"亲爱的，来来来。"我抬起手淫荡地、来回地轻轻抚摩着身边的床单，"躺过来。"

"这一天终于还是来了。宝贝，让我先洗个澡行吗？"她叹出一口被逼良为娼的气，边脱下外套边走过来说，"给我点儿时间做心理建设。"

当她躺到我身边时，一身浓烈的烟酒气味冲得我嫌弃地捂住了鼻子说："要不你还是先去洗一下吧。"

她不搭理，反而侧身搂着我坏笑道："呵呵，小宝贝儿，这就是我的男子气，闻久了你就习惯了，能把你迷死。"

我知道她是刚和关诚那伙人鬼混回来。"天天混在一起，就差抱一块儿洗澡了。"我八卦地问，"你们到哪一步了？"

"你吃醋了？"她答非所问。

对于她回避的问题，我从来不会追问，便转而说自己的事儿："我有话想和你说。"

南冰坐起身子，严肃又狐疑地看着我说："上一次你露出这样视死如归的表情时，是你说你要和杨牧央分手——"接着，她停顿了半晌似在思索，却也没能猜想到我还可以整出什么幺蛾子来，竟有些气馁地摊手道，"你这是要和丁兆冬分手了？"

听到她提起杨牧央,再想到自己将要说的话,我突然有些害臊——"你一定会对我失望的。"——可是如果这地球上真的有个人有个地方能让我把心掏出来晾着,那也只有她这儿。

"说什么胡话呢,小神经病,我从来不会对你失望。"她伸手拽了拽我的发尾,不等我表达感动又老样子话锋一转道,"只要你别弄坏我最贵的包。"

"你一定会认为我水性杨花。"

"难道你不是吗?"她惊讶地问。

我翻个白眼转过身去假装要睡觉。

她的轻笑声抚过我的后脑勺:"你不说我也知道,小样儿在姐姐面前装,就你这种才修了五百年的小妖孽,心里想些什么叫人一眼都给看光了。"她下一句话就让我把脸又转了回来,"不就是那个画家吗?你每天都要捧着那画看八百回,许雯雯都觉着该去医院买个专家号问问能不能管管你的自恋了。"

我双手捂着脸,觉得自己的行为看起来像个小学生,又把手放下,以成熟大人的语气平铺直叙地说:"我老想他。"

南冰一手撑着下巴压在枕头上,一手轻拍我的脸说:"你爱上他了。"

没料到她会这么突然地揭穿我,像是不经意间伸出手去试水温,却被沸腾的水面给烫了一下,我受惊般蜷起四肢。

其实我也知道自己对他是什么感情,只是不敢认。

"你会不会看不起我?"我把半张脸藏在被子里,"我自己都看不起我。"

她把我的被子拉下来掖在脖子下面后摇了摇头，我继续说："因为我刚和杨牧央分手，就……"把"马上"两个字咽回了肚子，"和丁兆冬……"又把"做了"两个字硬生生改成"纠缠不清"。这么吞吞吐吐地说完后，我更加清楚地意识到自己有多凉薄，竟有些哽噎起来，"再谈感情什么的，我没有资格。"

"这世上的人，多得让人心慌。"南冰长出一口气，垂下胳膊把我揽进她怀里，语气听起来像是困了般在说梦话，又像是温柔的妈妈在耐心地说明毛毛虫为什么会长成蝴蝶，"我们每天坐一次地铁会遇见多少人，过一条马路又会遇见多少人，我们在学校里能叫出多少人的名字，在电视上又能认出多少个明星，可是他们与我们又有什么关系？假如有一天发生了巨大灾难，地球一瞬间死了一半的人，只要我们活着，也还是要照常吃饭，睡觉。"

我迷茫地望着她，无意识地用手指卷弄着她的发尖。

南冰打了个哈欠继续道："那么多的人，却只有少数几个人特别。那么多人每天和你擦身而过，你无动于衷，也许你这一辈子都只是在人群里穿过去而已；那么多人都与你无关，你不会想要对谁笑，也不会想要对谁道个早安，更不会急切地想要和谁一起吃饭、走路，甚至共度一生，你这一辈子就只是不断地穿过人群，多遗憾。"她原本疲惫的眼神逐渐明亮起来，似乎不再只是对着我说话了，"现在有个人，在成千上百万的人中让你急着他，惦记他，拿他当最特别的存在，多好啊，从此以后你不再只是简单地穿过人群了，你有目的地了。"

我明白她的意思，附和道："嗯，有很多人挑挑拣拣却又随随便便地找了一个伴侣，把这一辈子和着柴米油盐一起浑浑噩噩地过完了。他们心里是有洞的，只是有的人察觉到了也不做改变，而有的人到死也没活明白，为什么自己把每一天都过得不痛快。"但我也不忘做出消极的总结，"爱上是很难的，可是相爱更难。"

"我想要你和杨牧央在一起，那小子是不会伤害你的。他会对你好，就是我想要你爱上他的理由，可是我能控制吗？"南冰一边说着，一边用细长的食指戳了戳我的胸口，"你要爱上谁，是你能控制的吗？我叫你别想着他了，你就不想了？"

"对不起。"我忍不住道歉。

"爱一个人，是这世上最没必要道歉的事情了。因为你爱谁，都是你自己的事，与别人无关，也与你爱着的那个人无关。"南冰叹一口气，"我更没理由指责你。"

"那你为什么看起来有点儿难过，还有些生气？"

"我只是心疼你。"

"他又不是坏人，不会害我的。"

她的眼珠子在黑暗中闪烁着流水般盈动的光，声音像是远古精灵从幽谧森林中传来的警告："先爱上的，就是处于下风，在这一场较量里是翻不了身了。"

不用她说，我也知道，面对杨牧央，我永远是坐拥城池堡垒的高傲女王；面对丁兆冬，我走投无路可以选择玉石俱焚；面对禾仁康，我是翻不了身了。

- 05 -

南冰对我是没有立场的包庇。

别说我和杨牧央分手后立刻上了丁兆冬的床，接着转眼又爱上了一个从天而降的禾仁康，就算隔天我说自己已经和向海生米煮成了熟饭，她也不会对我另眼看待——最多打个半死……不，打个半身不遂后——她还是会拿我当"南冰的艾希"，只要向海还没被她五马分尸，她一定会推着轮椅把我送进洞房。

她原谅我的速度，比我原谅自己还要快。

我还没有原谅自己爱上禾仁康——爱上得这么快、这么急不可待——若是爱上得慢一些就好了，意识到"原来这是爱啊"的过程要更崎岖些就好了，我便有更多借口去辩解，甚至欺骗自己，深信我也曾对杨牧央爱到不能自拔。

可是，真的是不同的。我清晰地知道我心脏里流动的情感对他，和对他，是完全不能等同的付出，原来一旦将爱的浓度进行对比，竟清晰得如此触目惊心。

也许是老天爷要惩罚我的薄情，才会故意安排我与杨牧央如此突兀地重逢。

当这张在我生活中销声匿迹了许久的脸一出现时，我就如同被施以鞭刑般浑身皮肤刺痛得似火炙烤，差点儿就疼得要夺门而逃。

这次和赵碧琪的见面，我当然没有告诉南冰，保密工作做得比当初去见丁兆冬还要严实，我甚至为了避免电视剧里的那种狗血巧遇而做了番乔装打扮,很难得地扎了马尾,穿上了一点儿也不文艺女青年的牛仔裤,出门前还被许雯雯以意味深长的语气感叹人生道:"哎哟天,上一次见你穿着裤子时,你还是个高中生。"

总觉得这句话里有歧义,但我也懒得纠正她了,省得丫借题发挥说我不纯洁。

之所以答应见面,是因为赵碧琪说要介绍我认识几个图书编辑,既然涉及我的事业前景,就算是鸿门宴也只能硬着头皮赴约。

还有一件大事儿,我暂时只告诉了妈妈,那就是我和赵碧琪签好了合同,将要通过她所就职的出版社出版我的第一本书——稿酬很低只有八千块,且是买断版权,就是说出版方永久享用我这本书所产生的收益——我不太了解行情也认为这个条件相当苛刻,虽然赵碧琪极力解释图书业如今不景气了也是我所知道的事实。

其实不需要她那么竭尽全力地劝说,只要一想到——我要出版自己的第一本书!单单如此,就是再不公平,甚至叫我倒贴钱的合同,我也会抢过来飞快地签上自己的名字。

对南冰可以先斩后奏,因为她总是警告我要远离赵碧琪,肯定会反对这一次从白纸黑字上就看到我被便宜占尽的合作,所以等我捧着自己的书站在她面前时,也许能让她对我这次的自作主张不至于太生气。

在一家日式烤肉店的包间里,除了赵碧琪以外还坐着三个年纪比她稍长的女生,其中两个人是她的同事,另一个是一本知名杂志的编辑,每个人待我都挺亲切的。杂志社的姐姐姓孙,她给了我一张名片,说以后有机会向我约稿。

赵碧琪以相当客气的语气"埋怨"孙小姐道:"孙总,你怎么能当着我的面挖墙脚啊?"

"这叫资源共享。"孙小姐笑眯眯地回道,"你从我这里挖走的写手也不少了,刚巧我有个栏目还缺个画手。"

她们你来我往的对话方式充满着故作亲热却又疏离的"社会气息",我把名片收进包里想,是不是自己也该印点儿?以后用得上。

"怎么样?叫你出来不吃亏吧?"赵碧琪坐在对面冲我挤眉弄眼,"让你捞着个业务。"

我还有些不适应如此正式的社交场合,忙不迭地赔笑:"谢谢。"——还好在场的都是女性,多说两句话之后我还能表现得自在点儿,要有男的在场,我估计嘴都张不开了——

"你说的漂亮男孩儿呢,还不来?"孙小姐突然问赵碧琪。

"你就别想得太美了,他不和我们吃饭,拿了书就走。"赵碧琪拍了拍身边鼓囊囊的包,同时像是突然意识到什么般"啊!"地轻呼一声,转而看向我做出神秘兮兮的表情说,"要来的也是你认识的人。"

他推门进来时我是背对着门的,只听到熟悉的声音毫不迟疑地叫了一声:"啦啦——"

我立即认出了声音的主人,就像过去一样转过身冲他笑,就像以前在教室里、在操场、在校门外的小卖部、在113路的公交车站,他因为堵车而提前在上一站下车,边一路向我跑过来边叫我的名字,于是我就转过身去冲他笑。

杨牧央剪了个比过去稍短的发型,还穿着那件我陪他买的姜黄色大衣,神色看起来有些似熬夜后的萎靡不振,但他对我展露的笑容依旧是那样惯性的，明亮而单纯的，直到三秒后因为想起了什么而旋即熄灭，他翘起的嘴角还来不及垂下，声线却已经跌至谷底："艾希，好久不见。"他重新叫了我的名字，阴冷的、死寂般的。

这一瞬间，我罪该万死。

　　他已经不是我的男朋友了，可我忘了，假如现在他要吻我，那我会像以前在教科楼的阴影下一样，伸手轻抚他后脑勺的发尾。

第五章
chapter - 05

- 01 -

　　从小到大我就没主动和人分享过自己的东西。

　　若有人递过来一块巧克力对我说和身边的小朋友一起吃，只有一半的话，就是平时再罕见的进口零食，六岁的我也情愿不要，并不是谦让也不是嫌恶，无论什么，再金贵的东西，不是全部属于我，就不想要了。

　　家里的空间很小，所以我和艾铭臣的画册、玩具总是混在一起，直到我央求妈妈把储物柜清理出一个格子，那是我拥有的第一个私人空间，我将全部家当按重要程度排列，优先把最喜欢的，比如哆啦A梦橡皮擦和3D恐龙图案的尺子放在了里面，虽然是些并不值钱的小玩意儿，在当时却是我悉心收藏的宝物。

　　有许多次艾铭臣企图抢走我的文具，都被我那套"独一无二的才配得上你的独一无二"的理论洗脑，诱导他去纠缠父母闹着另买一个全新的。

　　当然也有一个没看住被他偷走去用的时候，虽然痛心疾首但我也不会再要回来了，索性让他拿去，即使他还回来的圆珠笔还剩下半截笔芯，我也不会再给予这支笔回到宝箱里的殊荣了。

即使是最好的朋友，我也不过是能做到心中没有抵触地把书借给她看而已，像是许多女孩儿间那般你一口我一口地共享一个甜筒是不可能的，我会再买一个请她吃；这么多年以来，和杨牧央之间做过最亲密的分享，也不过是让他用吸管喝了一口我杯子里的饮料，或是在我不吃之后任他吃掉盘里的食物。

当然这世上也存在着一个能逾越我全部铁则的奇妙存在，那就是南冰。她可以穿我的衣服我的鞋可以拉开我全部的抽屉，若是哪天她问我要存折，我会告诉她密码甚至不问她想干什么。

如果朋友意味着分享，那南冰对我来说就是生死之交，我只怕她不向我要。

要是说有谁能让我把自己的东西拱手相让，那也只有南冰，哪怕是正在交往中的杨牧央，她说想要，我就下药把他送到她床上去。

所以——你算什么东西？

我瞪着坐在对面的赵碧琪，她半边身体贴在杨牧央胳膊上的模样如同正在蹭沙发腿的母猫，周边三公里全是丫发情的气味。

——杨牧央是我不要了，给谁——也轮不上你。

- 02 -

从杨牧央手足无措的反应来看他对我会在场是毫不知情的，站在门口尴尬地寒暄了一会儿后，就被孙姐她们起哄问他是不是认识我。

他迟疑了一会儿说："高中同学。"

这么腼腆漂亮的一块小鲜肉，没有哪个单身女青年是舍得仅仅远观而不亵玩的，果然她们以"来来坐下一块儿吃吃饭叙个旧"的理由，把还在愣神的他留了下来，同时极有默契地挪动了位置使他坐在了赵碧琪身边。

我也没资格提出异议，于是微笑着喝了一口杯中的梅酒，默不作声地听他们聊天，从对话中可以摸索出赵碧琪的一整套计划。

无论赵碧琪是通过什么途径总之她是知道杨牧央已经恢复单身了，又不知道她是通过什么手段与他保持联系，依靠身在出版社工作的便利弄了许多"食品安全"方面的专业书籍，以赠书为诱饵约他出来。

偏偏是在与我有约的今天，她不辞辛劳地背着数公斤的包到饭店里来，算准了时间叫他过来"取一趟"。

如此煞费苦心，不就是为了做给我看吗？让我这个曾经以上方视线蔑视过她的人，亲眼看着她反转立场，和他越走越近。

"你剪头发了？眉毛露出来真好看。"赵碧琪一直像个转椅般左右扭动着腰，一双手下田插秧似的没闲着，不断地对杨牧央动手动脚，"其实我觉得你额头也很好看，可以试试把头发抓上去。"

她伸手去捋他的刘海，被他动作自然地偏过头躲开了。

看着对面持续进行的你来我躲攻防战，我憋笑快憋出马甲线了。

为了避免和我对上视线，杨牧央一直低着头，时不时抬起眼茫然地越过赵碧琪，嘴里含含糊糊地应答着女人们乱七八糟的提问。

"你是单身吗？"

"嗯。"

"太不可思议了，像你条件这么好的男孩子——"

"学习比较紧张。"

"琪琪老是跟我们提到你，还以为你们有什么呢，难道是发展中？"

"不……"

"你们别瞎猜了，搞得他怪紧张的。"赵碧琪态度暧昧地插话，边说着"你不是最爱吃牛肉了吗？这肉贵，好吃，你使劲吃啊，反正有社里给报销"，边不断往杨牧央的碟子里夹。

她时不时瞟我一眼，那一双三角形眼皮包裹的瞳孔里倒映出我的次数几乎比杨牧央的身影还要多，仿佛我才是她要泡的人。

得意、猜度、炫耀和轻蔑，她显然在试探我的反应，眼神中的情绪颠簸起伏，企图以赢家的姿态在我的领地里长驱直入，似乎就快按捺不住地拍桌而起，宣布杨牧央的身体已经被她签字画押。

真好笑！我是能轻易被你这样的人从云上拉下来的吗？我不再满足于梅酒，而是叫服务员一瓶瓶地上酒。杨牧央果然被吸引了注意力，他关心而隐忍的视线不再从我脸上挪开。

我是喝杯啤酒就会脸红的体质，不用照镜子也知道自己这会儿是什么样子。

他忍不住开口了："你悠着点儿，明明不会喝酒的。"

"没关系，今天我开心。"我没有看他，却迎上赵碧琪充满敌意的视线，微微一笑。

所有的负罪感和羞耻感都在这一刻不见踪迹，我卑劣的好胜心和占有欲像是落入马厩的火星般，疯狂点燃、滋生，伴着刺耳的马啸燃烧了整片草原。

曾经是我的东西，现在我不要了——就是毁了——也不会给你。

"够了，你别再喝了！"杨牧央突然伸出长长的手臂越过桌子夺走我的酒杯。

"不用你管。"我拿起手边的酒瓶，仰起又是一口，却滑稽地被呛到咳嗽。

再迟钝的人也能感觉到我们之间的气氛不对，孙姐她们立即意识到我和他是怎样的关系，包厢内陷入舞台揭幕前般静待好戏的寂静，而赵碧琪的脸色难看得像是喝了农药。

我或许已经不再是以前那个艾希了，而杨牧央还是那个杨牧央。

他在我面前就是一本被翻烂了的教辅——边角尽是折痕，每一段的重点皆被荧光笔重重地描摹过，就是闭上眼也知道目录上曾经被我画过什么样的涂鸦——我对他的一切倒背如流。

顾不上是否显得做作了，在我决定要以最残酷的手段将赵碧琪在她的朋友们面前"公开处刑"时，就已经解开了马尾辫把头发散了下来。

现在我的眼神迷离，唇色艳红，嘴角似笑非笑，说话气若游丝，肩膀软绵绵地垮着，脸颊边的头发拨在耳后，因为出了少许的汗而湿乎乎地贴在脖子上。

我醉了——是故意的——酒精只是道具，我知道这一副红眼小白兔的模样会叫杨牧央意乱情迷。

无论千千万万遍，只要我愿意，他就跑不了，我拥有数不清的他最喜欢的模样。

他刻意保持疏远的声线已经动摇了："你这样子要怎么回家？"

"关你什么事儿？你是我的谁？"我轻吐舌尖，皱眉笑道，"老、同、学。"

"别闹了。"他的声音终于发颤，碎了一地。

胜负已定，轻而易举。

- 03 -

街上又是雾霾天，马路上的车因为能见度低而堵成了拉磨的驴，附近没有交警，朦胧中夹着脏话的鸣笛声此起彼伏。

路灯还未点亮，昏沉的光线加上酒精作怪，步伐趔趄的我在杨牧央的搀扶下发出一声声难以抑制的大笑，惹得匆匆路过的人也不禁回过头张望。

当杨牧央站起来说要送我回家时，赵碧琪那千变万化的表情实在是太精彩了，在孙姐她们八卦又意味深长的注视中，她那颗猪头迅速涨红成了与她相得益彰的猪肝色儿。要不是现场证人太多，她百分百要动手把我这张红颜祸水的脸按在烤肉架上来回滚压。

当她做出最后的挣扎说："我们给她叫个出租车就是，她那么大个人了……"

杨牧央着急把烂泥似的我从椅子上拉起来，便不过脑子地回嘴："你不知道她，喝多了不是撒疯就是犯困，以前都是我给抱上楼去的。"

然后赵碧琪那个万箭穿心的反应啊，真是足够我笑到来年开春。

"艾希，艾希，好好走路，站直咯。"杨牧央一手圈着我的肩膀，一手抓着我胳膊，心烦意乱地说，"别笑了。"

"不好笑？你看看她那张月球脸，擦那么厚的粉都在坑里挤成雪球儿了，哈哈，密集恐惧症都要犯了！"我拽着杨牧央大衣上的帽绳，笑得前仰后合，"还穿黑丝配帆布鞋，你不是说过最讨厌那么 low 的打扮了，怎么——竟然没告诉她？——你这是品味变了？也是啊，这新女朋友换谁看了都觉得你在猎奇呢。"

"艾希！"杨牧央停下脚步，抓着我的双肩一转。

"轻点儿！疼。"我撇嘴，抬起眼看他，一刹那差点儿为他严肃得如同法官开庭般的面孔窒息，"干吗瞪我？"

"你变了。"

——趁着我顿住呼吸的空隙，有一根针随着他这三个字钻进了我的喉咙。

"我快不认识你了。"

——那一根针穿过了我的五脏六腑。

"我变了？"我又发笑了，只是笑得僵硬，"没有，我从来就没有变，只是你一直只看到你愿意看见的我。"

"你以前没有这么刻薄。"杨牧央的眼神苦得像是我杀死了他最心爱的女人，他讪笑，"也许你说得对，我从来就不认识真正的你，过去是你伪装得太好了，现在终于解脱了？做回真实的自己了？看你过得很快乐的样子。"

我冷笑："彼此彼此吧，你才是快乐得要飞起来了，瞧瞧你和那丑女多熟络啊，就差没在我面前亲嘴儿了。"

他恼火地冲我吼："我和赵碧琪没有关系！"

"那你要怎么解释你今天跟她的约会？还特意叫我来围观。我看你是天天夜里和她煲电话聊前任呢。"我无理取闹地撒起泼来，"她去你学校找你那次是被我撞见了，在我看不见的地方指不定你俩怎么亲热。"

杨牧央举起双手，不耐烦地摇了摇说："好好，你是名侦探艾希。我就问你一句，我和谁好，要你管吗？"

我尖叫："你和谁好都可以，我就是不准你和那婊子好。"

他被我的蛮横气到后退了一步，似乎站在我面前都吸不到氧气般狠狠地倒吸了一口冷气。

大吼大叫后过分透支了体力的我终于开始审视自己是不是装疯卖傻过了头，于是装可怜地倒退了几步，身体虚弱地贴着路边的邮筒滑落在地。我蜷缩着身体开始抽泣："我就是舍不得你……我不想把你让给那种女人……"原本只是想见好就收把他哄一哄，结果我却动了真情，每一个字都是掏心掏肺，"你曾经是我的宝贝啊，只有比我好的、最好的女生才配得上你，不要理那种丑八怪好吗？你答应我。"

杨牧央不知叹了多少口气后，走过来一把拉起我，气势汹涌得仿佛要行凶，结果他只是很用力地拥抱我。他的脸在我的头发上磨蹭了一会儿，然后埋在肩上以嘴贴着我的脖子，这让浑身酒气的我有些羞耻地推了推他，却不能阻止他沉重而贪婪地大口呼吸着，像是回到地球的宇航员摘下了头盔。

这片刻的我从头到脚被一种熟悉的氛围所包裹，曾经因为迷路，我买了一把十元钱的伞在暴雨中歪歪斜斜地从动物园走到东单，直到最后狼狈不堪地打开家门的那一刻，扑面而来的气味和温度就是现在我所感受到的安全感。

他已经不是我的男朋友了，可我忘了，假如现在他要吻我，那我会像以前在教学楼的阴影下一样，伸手轻抚他后脑勺的发尾。

他终于动了动，却只是贴在我耳边痛苦地说："你别折磨我。"

杨牧央松开我时，双手死死按着我的肩，不知是害怕自己会再一次拥抱我还是在害怕我会靠近他。

他的双眼血红，眼眶里含着盈盈泪水，他笑着说："我看见你和向海接吻了。"

我的酒立刻醒了。

就是泡在酒缸里也拯救不了我此刻如坠寒窟般的清醒。

那一日的回忆炸裂在眼前，形成满地尖锐的锥刺。我慌不择言："那只是个误会，当时是他强迫我，他把我——"

"你知道那晚我喝了多少酒才说服自己只是眼花吗？直到你和我提分手时，我还在妄想你是一时糊涂，还想求你别离开我，结果根本没向海什么事，蹦出一个什么丁兆冬？天知道你还有多少男人？要是哪天你和怪兽手牵手，我都不奇怪。感谢你让我对女人这种生物大开眼界！"杨牧央滔滔不绝地尽数我的罪状，一脸誓要判我十年二十年甚至无期徒刑的决绝，"连南冰的男人，你也不放过。也许你对你俩的友情不如你想象中的那么在乎。"

原本满心忏悔而瑟瑟发抖地捂着嘴任他羞辱的我，在听到"南冰"的名字时立即换上了可憎的嘴脸来暴喝："别把南冰扯进来，你要是敢……"又旋即意识到自己的处境，忙摆出低声下气的姿态求饶，"求求你不要告诉她，只有这件事情求求你，无论你要和谁好和赵碧琪交往也可以，我什么都愿意做，求求你不要告诉南冰。"

好可怕——好可怕……

比无数次我来不及复习就面对的突击考试……

比艾曲生从早到晚对我的冷嘲热讽……

比一辆旅行巴士拐弯时擦着我的衣角……

比我一脚踏空从楼梯上滚下来……

南冰对我失望的眼神，甚至比丁兆冬压在我的身体上还要可怕。

"你不是说爱我吗？你想要的不就是我吗？我们和好吧。"我谄媚地伸出手去想触摸他，却被死死地按着双肩，他的力道越来越大，掐得我像是被扎紧了血管，两条上臂仿佛要坏死般麻麻的失去痛觉。我已经顾不上自己的模样看起来是不是他迷恋的那种无辜的性感、天真的邪魅，只是拼命讨好地笑着："你想要我做什么都可以……"

杨牧央无声地凝视着我发疯，两行泪笔直地淌下来，我才认识到原来这是我们的第二次分手，只是这一次是他甩我了。

"不管你现在和哪个男人在一起，我……不会祝你幸福，因为你不配。艾希，你才是个婊子，而我也不是你所认为的好男人，因为我还爱着你这个婊子，如果你的幸福与我无关，那我这辈子都会诅咒你。"他的泪都滑进了嘴里，所以他说的话才会这么咸，像是粗糙的沙粒咔咔嚓嚓地磨砺过我的皮肤，"我真的很想狠狠地伤害你，就像你对我做的，可我没有。"

他松开了我，从袖子里的手腕上摘下了一件东西放进我的外衣口袋里，然后倒退了一步又一步，双手插在口袋里，振作了精神冲我露出释怀的一笑。

恍惚间我还以为他要说："艾希，你好，我是（4）班的杨牧央，你可能不认识我，但我已经认识你好久了。"

而他只是宣告——"再见，我和你已经没有关系了。"

- 04 -

大脑空空的我从工体一直走到朝外大街，左手一直无意识地放在口袋里揉搓着杨牧央还给我的手链，金属 LOGO 几乎快要被我的体温捏得变形。

当我送给他时,他说他要戴一辈子——"那直等到有了戒指,我才摘。"他说，"我被你做了标记，可别想赖。"

他说的话，我现在还记得清清楚楚，一字不差。

终于被小腿肚子的肌肉酸痛唤醒了高级生物应有的智慧，我从包里摸出手机来试试用 App 叫车，有一条未读短信，来自丁兆冬："鸡汤。"

什么鬼？莫名其妙——"奇怪的人。"——我禁不住笑出了声，再抬眼时也不知是否被沙子伤着了眼睛，当着杨牧央的面也没哭，这会儿竟流下泪来。

望着浸在沙海中形似群山的高楼大厦，和虚虚实实犹似飞鸟般匆忙的人影，喧闹的街道竟呈现出荒漠般的空旷，我一时间不知该何去何从。

茫然地拨打了来信人号码，我将哭腔伪装成笑意道："你在家里吗？我现在过来煲汤给你喝。"

- 05 -

在等丁兆冬的司机开车过来的空暇里，我去路边的超市里买了三黄鸡、枸杞、红枣和姜，货架里剩下的蔬菜不怎么新鲜了，想着他应该已经吃过晚饭就没有买，随便买了些香肠面条等可以储存的食物。

"怎么这么脏？"丁兆冬开门时见到我说的第一句话，毫不意外——反正就是嫌弃我——他的视线从我的头顶一路往下又往上藐视了一个来回道，"穿的这都是什么。"

"天上下沙子，怨我咯？"我一低头从他撑着门框的手肘下穿过去，边朝里走边问，"今晚我可以在这儿过夜吗？"

因为没有回应，我奇怪地回过身去，瞧见了他脸上还没来得及收拾的惊讶表情。

这是第一次我出的招让他始料未及，进门前还心如死水的我突然有些得意，进一步使出大招："瞧我这废话，不需要你点头，毕竟这是我的工作不是吗？"

回过神来的丁兆冬不屑地笑了，他一手关上门，一手叉着腰问："你这是在求欢吗？"

我也回以礼貌的微笑："只是尽责。"

他歪着脖子，挑衅地望着我说："看来今晚是个不眠夜。"

"那要看你了。"我无所谓地转身走向厨房。

怎样都好，随便丁兆冬想怎么对待我都可以。

他最好能买个狗链系在我脖子上，让他的奴隶不要再四处乱跑，不要再以为自己有多自由、有多纯粹，甚至有资格再狂妄地去爱上谁——爱上之后，竟得意忘形地忘了自己是一个怎样的人。

因为我的双手还能感受到日照温暖，竟忘了自己的半身还深陷在污浊淤泥之中，明明卑贱而自私，却对露水中尚且光鲜的脸庞顾影自怜，在不知不觉间产生错觉，以为自己得到的，全部是自己配得上的。

我忘了杨牧央是老天爷赏的礼物，忘了丁兆冬是我向魔鬼求来的解药——代价是我所拥有的全部：曾经多么清高的灵魂和最纯洁无辜的爱情。

当初视为生命的珍宝，被我亲自撕碎，在我脸上眼泪还未凉透，在杨牧央的伤口还淌着热血时，薄情的我已经只关心自己的生活，甚至带着泪痕爱上了另一个人。

我一天更比一天认识到，原来我是这样的贱人啊。

因为汤至少要煲两小时才好，我迅速地处理完材料把汤锅架在火上后，才把塑料袋里余下的食材一件件放进冰箱，与此同时丁兆冬在我头顶伸手打开冻格取出一块牛排。我问："你是要吃吗？"

他看弱智似的挑起眉反问："不然？"

"这么晚了不容易消化。"

"今天还没来得及吃晚饭……"他垂眼看着我手里拿着的袋装面条说，"我只会煎牛排。"

我合上他按着的冰箱门，同时拍了拍他的腰说："你去坐着吧。"

锅里烧水的时候，我把香肠切好片，不一会儿水也沸腾起来，这期间丁兆冬也没老实坐着，他百无聊赖地端着水杯静静站在身后看我忙碌，那么大个儿的气息实在是隐藏不了。

我把面下了后也不回头地问："全是碟子，有碗吗？大点儿的。"

一阵开拉柜子的声音后，一只手从我肩膀上方递来一只碗。

我把面盛出来，觉得光是香肠还有些单调，又飞快地摊了一个煎蛋放在上面。因为冰箱的主人不做中餐，所以存货里也没有葱、蒜能点缀一下，好在我早有准备，递给丁兆冬一罐在超市买的雪菜，他接过去拧开后，我铲了一勺码盖在热气蒸腾的面上，对他说："吃饭了。"

他看一眼满满的一大碗面，却不伸手拿。

我皱起眉问："你有什么不满？"

"鸡蛋，给我再多煎两个。"他说。

- 06 -

最后我给丁兆冬煎了六个蛋，他总是在刚出锅时就吃了，然后不满地瞥我一眼。直到他还想吃第七个时，我坚决地摇头，边说"小心胆固醇超标"边把锅给刷了。

等他吃完面，汤也差不多能喝了。我给自己也盛了一碗，和他面对面坐着，只听到俩人咕噜噜喝汤的声音。

我问："好安静啊，你不看电视？"

他说："没有想看的。"

"我也不看，平时就在电脑上看看美剧，但是家里的电视机总是开着——你不觉得屋子里有吵吵嚷嚷的背景音特别像个家吗？所以人们住酒店的时候总是进门第一时间就打开电视机，其实也没有在看。"

他没理我，仰头喝下最后一口汤后把空碗推向我。

"好喝吗？"我问，"再来一碗？"

他不置可否，于是我又帮他盛了一碗，最后，半锅都是他喝完的。

"好喝。"他终于做出了评价。

我发现这人其实很诚实，有时甚至赤裸得惹人讨厌，似乎从不去区分什么该说什么不该说，也有可能当他面对我这种等级的小喽啰时才不加掩饰，不然以他这种只走直线不绕弯的态度也难达业界大佬的地位。

"下次做排骨炖海带的。"我边说着，边站起来收拾碗筷。

"放着别管，那不是你要做的工作。"丁兆冬以拇指冲身后的楼梯比了比说，"上床。"

知道自己是羊入虎口，我并没有想逃，但我还是矜持地把头发绾到耳后说："我要洗澡。"——既然要做羊，我也要做一只干净喷香的羊——这是一盘精致料理的尊严。

他俯身捏住了我的下巴，我还以为自己要面临一个吻，结果他左右转动我的脸后说："是得洗洗。"

这要是杨牧央说的，我能罚他一周别碰我，而现在我只能翻个大白眼。

"真丑，以后不准做鬼脸。"他说罢，拉着我上楼。

- 07 -

丁兆冬给了我一件浴袍，他家的浴室大得能跳华尔兹，里面的洗护用品上没有一个中文字，好在我还认得英文单词和日文汉字。

我洗得很谨慎，有种正在行窃的紧张感，生怕有人破门而入，结果丁兆冬还真是不愿意让我有一时片刻的好过，他坦然地走进来，站在洗衣筐前脱衣服，然后走进莲蓬头形成的雨帘里。

我尽可能地挺直了腰背，直视他的双眼使自己看起来正气不可侵犯地说："我好像没有邀请你。"

"不需要你邀请，忘了吗？我是你的老板。"他歪嘴一笑，脱了西装就是个流氓。

我在水流的冲击下闭上了眼，他弯曲膝盖将我一条腿蛮横地往外一拨，可是一只手却又轻柔地触摸我的脸，以折磨我取乐般慢悠悠地问："是每一次你都必须要哭吗？"

"是水，不是眼泪。"我艰难地睁开眼，自暴自弃地妩媚一笑，"你尝尝。" 于是他伸出舌头从我的嘴角直舔到眼窝，接着垂下手牵起我的双手放在他的后腰上，然后突然抱起我的身体。

我热烈地回应着他的吻，带着他所不了解的恨意。

我的反常使他的动作停顿了一下，无声地凝视了我一会儿才继续吻我，攻陷我。

也许只是错觉，在这间水汽蒸腾的房间里，我竟然感到有情感在我们之间流动，并不明朗、积极，是一条暗哑、压抑，在无声尖叫着又扭曲着的，企图冲上陆地的深海怪兽。

我有几个瞬间，以为他在咬我脖子的时候会咬穿我、撕碎我。

我却紧紧地搂住了他，巴不得他杀了我，叫我死在万劫不复的当下。

- 08 -

事后他毫不留恋地转身离去，我重新把自己从里到外洗干净，又磨磨蹭蹭地吹干头发。

等我走出去时，他已经在卧室里的床上睡得死沉。

我回到楼下，坐在沙发上打开手机里的通讯录，最先映入眼帘的总是南冰和妈妈。为了把她俩的电话号码置顶，我存的名字是"爱人南冰"和"哎哟妈妈"，而比她们还要靠上的名字是我这几天才修改的——"A先生"——禾仁康。

我盯了一会儿后按下了"删除联系人"，已经不会再去贪图自己配不上的宝物。

假如人的记忆也能这么简单地抹去就好了，假如杨牧央提起笔来连"艾希"两个字也不会写就好了。我捂着嘴发抖，尽量不让自己发出声音，却在心里号啕大喊着："神啊——神啊——能不能让杨牧央忘了我？忘了我做过的一切。"——我不会选择让自己遗忘，那样太便宜我了。

要牢记这些伤害，全是我应得的报应。

我不再想要很多的爱了，爱太复杂又太难以维系，我只要很多的钱，我想要一些不会破碎的，也不会疏离的，即使是没有声息的、没有温度的，却永远属于我的东西。

第六章

chapter - 06

- 01 -

身为女性的我在很长一段时间里都把自己看得很轻，也是因为爸爸对我的日夜渲染、洗脑。他说男性是肌肉强壮、意志坚强的社会支柱，他们成熟、聪明、事半功倍，而我是女的，所以我四肢纤细、心思脆弱，又终日春心荡漾，就是再用功读书也不会在未来比男人有建树。

我不想做女人，几岁大的我就抵触穿裙子，也总是在妈妈带我去理发时嚷着要短，再短些，比弟弟的还要短。

穿裤子多好，我可以当着一群胆小的男孩子爬上篮球架的顶端，还可以在夏天分腿坐在路边吃冰棍，我不觉得穿着层层叠叠的裙子被大人们夸"真漂亮"有什么必要。

虽然有许多裙子是真的很好看，但它们不会让我变得更强壮、坚强和聪明，所以我总是要求自己不要去觊觎那些华而不实的东西。

终于意识到裙子也可以是我的铠甲，而女性魅力就是我最强大的武器时，还是在遇见南冰之后。

南冰是穿着裙子的王子，她强壮又善良，坚强又细腻，聪明又骄傲，但是就算是得意扬扬的样子，她也像是在赛场上端着骑枪的优雅骑士，让人想把全世界的花冠都给她，毕竟她还长着一张做了什么都会被原谅的脸。

她是老师的宠儿，年级榜上第一行的常客，之所以不是王位霸主，因为有个叫向海的和她咬得死去活来；所有计分的不计分的科目，她毫不偏袒、样样拔尖，所以运动会时，班主任又自豪又心疼地拜托她报全所有项目，而向海当然也不甘落后，不过他更像是男版的南冰，总是比原版差点儿意思，比如跳远时他就拉伤了大腿，已经这么完美了却不招人嫉恨的女神，不说全中国但恐怕整个北京东城就只她一人了，倒不是因为她品行多么端庄，而是因为她嘴巴太毒了又是个学霸，骂起人来博古通今的能不带脏字儿地把对手从尖锐湿疣直贬损到单细胞草履虫——就这么一个嘴上开挂的坏人吧——却偏偏有一身正气。

有次做课间操时有个女生突然跪在地上呕吐，大家立刻散开成一个圈，因为她曾被悄悄评为班丑前三之一，有几个调皮的男生还笑着开恶劣玩笑。女生这会儿吐得满脸鼻涕眼泪的样子，令班长也在踌躇着该怎么办时，是南冰走上去二话不说把她背起来送到医务室。
这回这么大个展现英雄气概的活儿，就是向少爷也没跟她争了。

向海时不时跟我私下感慨地说："真怕有第三次世界大战，别看南冰骂遍天下无敌手，她骨子里就是个南丁格尔，真要冒着枪林弹雨去救死扶伤，她比男人还男人，而我才不管别人死活，肯定会被她嫌弃不像个男人。"说罢，他又苦笑着问我，"你说我也是犯毛病，怎么偏偏想要追这么一个谁也不需要的女大王？"

当时我正在学南冰蓄起长发，把校服袖子挽在手肘上方，开玩笑地回道："有兵马的她才能做女王啊。"

他立刻自满地说："也是啊，她要往前冲，总得有个人掩护吧。"

每当我看着向海这张轮廓深邃的脸时，又会忍不住庆幸自己不是男人，因为要和他争南冰，我一定是没有胜算的。

虽然我是追不到南冰了，这辈子也成不了她，但我知道了身为女人一点儿也不比男人弱的事实。穿着轻飘飘的裙子，我照样可以走很远的路，读很多的书，画出更美丽的画。

自从头发长过了肩膀，我便发现当自己穿着裙子时，身边的异性会有意无意地对我关爱有加，男同学会在做活动时帮我搬重物，男店员会在我结账时抹去零钱，只要我柔柔地叹一口气，再木讷的男生也会关心我是不是椅子坐得不舒服，打进省队的男生也会在面对我的时候变得笨手笨脚。

找到了这一条在名为"艰险人生"的游戏中只给女性角色专享的加强补丁后，我就再也没买过裤子，却也为了一条更比一条贵的裙子越加发愤图强。

换句话说，南冰让我成为了女人，而裙子让我成为了更好的女人。

- 02 -

在丁兆冬家里看到成排的裙子时，我以为自己昨晚梦游去打劫了服装店。

我是在床上醒来的，虽然昨晚我确实是睡在了楼下的沙发上，再低头发现我是全裸的，差点儿没尖叫，因为昨晚我确实是穿着浴袍，睡在了，楼下的，沙发上。

唤醒我的是楼下各种轻手轻脚的搬运声和谈话声，以他们的分贝换作在我住的小区里还不如隔壁邻居漱口的声响大，但是在这座万籁俱寂的高级公寓顶层中却格外窸窸窣窣地闹人。

动静很快就消逝了。因为丁兆冬不在楼上，我决定下去探个究竟，还好浴袍就扔在了床尾，我不用像是偷情被抓的小三儿一样以床单蔽体。

昨天还宽敞单调的客厅，此刻竟如同一家精品店般排列着好几个滚轮衣架，上面挂满了服饰，而丁兆冬正站在一圈圈由里到外如同涟漪般排放着的高跟鞋中间，在他身后的沙发上还放着十来个款型各异的包。

丁兆冬听到我下楼的声音，便抬头冷冷地说："睡得太久了。"
"原来你的公司是卖衣服的？"我惊讶地下楼梯时下巴似乎也跟着在下坠。
"不是。"没想到他却一本正经地回答，"这些是给你的。"

"给我？为什么？"我脸上咧开的笑意完全是女人见到新服饰的生理反应，就像直男看 AV 时管不了自己的分身起立，这说明我健康。

他回我一个明知故问的冷笑说："因为我的女人不可能品位那么差。"

此话一出，我立即绝望地环顾四周寻找自己脱下来的衣服。

丁兆冬也果不其然地解答了它们的去向："都扔了。"

我尖叫："那件上衣不是我的！"

他看也不看地反手取下一条通体水蓝以红水钻点缀裙边的长裙给我说："拿这件赔给她。"

我抱住一看，做工精细得就像是剪下了一片藏了珊瑚的海，不禁呢喃道："我喜欢这件。"

懒得多说的他又转身挑了一条奶油色的连衣裙，再弯腰拾起一双白色黑底鞋尖缀有蝴蝶结的高跟鞋给我，说："赶紧洗把脸，穿上跟我出去办事。"

我接过来一看鞋上大双 C 的 LOGO，原本要为它的美貌发出赞叹的嘴巴旋即被残留的理智占领，惊魂未定地提出了一个现实的问题："要我付钱吗？"

丁兆冬完全无视了我这一个发自灵魂的重要提问，他走向厨房然后端出两盘烤吐司和冷切火腿，放在餐桌上问："咖啡还是牛奶？"

"咖啡——我×，几点了？"提到西式餐点，我突然想起了什么，"我还得去上班。"

"辞职。"他抬起眼，轻描淡写却又不容置疑地命令道，"以后不准说脏话。"说完，转身回到厨房去煮咖啡。

匆匆吃过了午餐又梳妆打扮后，丁兆冬让我从沙发上的一堆名牌包里挑一个把自己包里的东西装起来，至于他为什么没有顺便扔掉我的单肩帆布包，是因为他不愿意碰我那个"奇怪的乞讨袋子"。

趁他去衣帽间换装的工夫，我选了个最大的包，挑了两条裙子放了进去，虽然全部都没有价签，但我认识部分牌子，给南冰一条再给许雯雯一条。试了试鞋子太硬了没法儿塞，所以我又多拿了两条裙子，估摸总价该有两三万吧，这一掏出来绝对能叫许雯雯激动得当场裸奔，那画面太美，我都不敢多想。

打包好了要带给姐妹的"手信"后我拍了拍包确认看不出个所以来，才赶紧换上丁老板指定的裙子和鞋，接着为了检查口红有没有花而走向全身镜。站在镜子前的我还以为看见了哪个不认识的艺人，浑身每一个自恋细胞都陶醉地唱起了山歌——不曾发现我太美，条顺盘靓赛冰冰——再转身左右看看，到底是名牌，这剪裁真的是一分价钱一分货，服帖修饰得我此刻身高一米八。

然而，出现在我身后的丁兆冬立即证实了我的腿并没有一夜拉长，他穿着一身休闲服饰配运动鞋，在运动裤的百般阻扰中，他那双上行电梯般的大长腿依旧在强行直达天际，由八厘米高跟鞋为我带来的伪女王形象瞬间塌了。

他上身穿的线衫是棕色拼接灰色袖管，胸口有指甲盖大小双 G 刺绣的低调设计，炭灰色的全棉裤没有明显的 LOGO，但想必比许多人最贵的西装还要贵，脚上的那双黑色鳄鱼皮运动鞋因为向海也有所以我认识，反正很贵就是了，他整个人就是个很高的贵字，都这么贵了气场当然高贵。

为了不成为这位"贵人"的一条腿部挂件，我朝旁边躲了躲，却被他的手突然按住腰。

他放在我腰上的手一路往上滑动，带着隐约按压的力道直滑到我的颈椎。随着他的动作我不自觉地绷紧了肌肉，而他看着镜子里的我，用另一只手轻轻托起我的下巴使我昂首挺胸，最后满意地说："勉强像是我的女人了。"

他转身穿上一件黑色双排扣短外套，又拿起一件鹅黄色风衣披在我肩上，随即对我拎着的大包露出意有挑剔的眼神。我忙抱紧了表示就喜欢这个，他才终于领着我出门。

- 03 -

坐在车里，我看着后视镜里倒映的司机大叔想，往后还得常见面总不好一直光是叫叔叔，便向丁兆冬问了他的姓名。

"陈剑川。"丁兆冬对我说，"你有他的电话了，以后急需用车也可以叫老陈接你。"

"那不好，陈叔是你的司机，我怎么能给他增加额外的工作。"我向前倾身对陈叔说，"您别上心，我平时连出租车都不太坐，不需要麻烦您的。"

陈叔腼腆地笑了，说话的腔调比寻常老爷们儿要柔和许多，如果不是那正宗京腔真以为他是上海人："哎，不麻烦！您有需要您说话，反正大冬平时也爱自己开车，我闲着也是慌。"

我还是第一次见他提起自己老板的名字，竟然叫得这么亲密——大冬——还是个充满老婆孩子热炕头的质朴气息小名儿，我禁不住斜一眼丁兆冬，他看也不看我，浪费了一个这么大的笑点。

车子上高速后，丁兆冬才开口告诉我此行目的："陪我去见个老板。"

我立即想到生意上的事，问："谈判？重要吗？我要注意什么？"

他转过脸来，似乎对我的反应感到很有趣地淫笑着说："只是个随便玩玩的场合。"

这人坏笑起来真是豺狼虎豹也不过如此了，警觉的我立即誓死不屈地说："我是同意了做你的人可没答应你能随意……"顿了顿，我含蓄地补充，"随意处置——"总不能说转手吧，那真是太不把自己当人了。

他的笑意漾开了，边意味深长地说着"我不是个爱分享的人"，边把手放在我的大腿上用力捏了捏，被老虎抚摩的羔羊应该和现在的我感同身受。

丁兆冬的肆意举止叫我尴尬不已，还好恪守己任的陈叔连眼珠子也没转一下。他沉默得像是自动驾驶机器人，应该批量复刻无数个向各个出租车单位推广，不过北京司机的话痨也算一大国际景点了，没了怪可惜的，还是批发给全国各省市的理发店更实用讨喜。

下了高速后，丁兆冬突然摊开手问我："这是什么？"躺在他手心里的是杨牧央还给我的手链。见我神情微微一颤，他淡淡地说："看来是重要的东西。"

我在他递还时，以尽可能平淡的口吻答："是前男友还给我的东西。"

他的动作一滞，随即打开车窗毫不迟疑地扔了出去，以简单的两个字擅自替我向过去道别："无聊。"

- 04 -

原来我们的目的地是一家普通的茶楼，人声嘈杂的底楼坐满了正在高谈阔论的青年和中年男人，大声聊着多少多少个亿的业务，而女人则寥寥无几仅靠一只手便数得过来，年纪也不小的她们微笑地坐在桌边聆听着，时不时插一句话，喝一口水又吃点儿干果，举起手来扇一扇满屋子的二手烟。

女人们看着男人们的眼神很是复杂，既是轻视的又是爱怜的，类似于一个心宽的人看着小狗发出"哎哟这小狗儿蛮聪明的，还晓得去草丛里撒尿呢"这般热爱生活的赞叹。

女人眼里的男人似乎永远也长不大，只是看在感情的分儿上，天生演技爆棚的女人会假装男人一辈子的笨学妹哄着他，就像在撒谎时掉眼泪般轻而易举，若是对他没感情，那无论这个男人是老板还是同事，在女人们聚餐时的话题中永远都是"那个傻 ×"。

我瞟了一眼身边这张冷峻的侧脸，似乎还没决定丁兆冬在我心里是大人还是孩子，因为我对他不熟。

注意到我的视线，他转过脸来眯眼道："办正事儿，别瞎想，结束之后我们有的是时间……"

他故意把尾音拉得老长，倒是叫我认清了这人既不是大人也不是小孩儿，是个淫魔，把他的大脑切开一看，一定黄得能闪瞎人眼睛。

接着我跟着他走上二楼竟见到另一番光景，只有一扇仿古风的红木金锁门，两个倚墙站着聊天的男人见到丁兆冬，忙不迭地站直了叫一声"丁总好"，推开门后，里面是一间空房，有部向上的电梯。

虽然负责接待的这两个男人看着装束普通，但这番神秘兮兮的举止还是让我联想到黑帮电影，心里忍不住打鼓，打定主意待会儿要见到谁的手往怀里摸就赶紧往沙发什么的家具后边躲，要是有枪战就躺在地上装死。

结果电梯门一开，我只见到一间烟雾缭绕的棋牌室，里面坐着的人也和马路上走着的人一般模样，甩起牌来嘹亮的京片子和平时坐公交车听到的也分毫不差——"你倒是快点儿啊！""别瞎整了行吗？得，我这锄子儿都没了。""我×,我这一上午没挪窝了吧,总共才和了两把。"——
面对如此熟悉的噪音,我心里踏实多了。

丁兆冬拉着我径直朝里走,直走到靠墙的一桌向一个戴着眼镜的白
发大爷笑容可掬地打了声招呼:"雷哥,今儿个手气怎么样?"

平日待人不咸不淡的他这么热情地示好是我第一次见到,太突然了,
让我冷不丁打了个哆嗦,他没看向我却掐了一下我的胳膊以示不爽。

"哎,丁总可来了,大忙人啊,多久没见到你了。"雷老板边搓着
麻将边回头,视线却率先落在我身上,"这位小妹妹是?"

"女朋友。"丁兆冬笑眯眯地把手搭在我腰上,"非缠着我要出来玩儿,
都说了我是来见大人物的,不听啊,特别不懂事。"

"那能有什么?女朋友就是该多花些时间陪的。"雷老板敲桌示意
走个人,接着指了指空座说,"来来,一起玩会儿。"

我本来想找把椅子坐在丁兆冬身后,却被他搂进怀里迫使我坐在他
腿上:"昨晚实在是折腾得不行,今天就由让我腰酸背疼的罪魁祸首来
替我打。"他冲在座的人故作烦恼地解释,惹得老男人们哄堂大笑。

我不会打麻将!蒙圈了的我转过脸看他,却得到他鼓励地点头,对
我说:"宝贝儿,你随便打,看哪张牌不顺眼就扔出去。"

因为他这一声"宝贝儿"导致我被肉麻得可能神经中毒了,才会衰
到丢出去的好几张牌都送给人家吃了,尤其促成了雷老板的三把"清一
色"。这什么概率——我现在是三次路过同一棵树都被闪电击中,已经
外焦里嫩了。

走出茶楼回到车里坐下后,丁兆冬看我坐稳了才正式向我宣布,在

刚才一壶茶的时间里我替他输给了雷老板九百万人民币。

金额太大，超过了我生来对钱的概念，是多少杯焦糖玛奇朵的咖啡？多少支 Dior 的唇彩？多少套一百二十色的德国彩铅？一套三环内的小房子没了，换了三线城市大约是三套房子没了。

"怎么办？"我干笑着问，现在就是拉开车门我也跑不远，腿都吓成装饰了。

而丁兆冬并没有要求我卖器官，甚至连卖身还债也没提，他只是笑得好像捡了九百万似的伸长手来摸了摸我的脖子说："表现不错。"

- 05 -

接着丁兆冬又让陈叔开车，在成片居民楼之间的狭窄马路间穿来过去，然后抵达了一个露天篮球场，这回他倒没有叫我跟着，自己脱了外套只穿着短袖走了出去。我透过车窗看见他远远地朝几个打球的男人挥手，对方很惊喜地邀请他加入他们。

难怪丁兆冬会穿一身运动装束出门，原来是早有在下午打球的计划。我看他似乎要打满一场的样子，便翻出手机来用微信找南冰聊天："干吗呢？"

隔了数分钟，她才回过来一句管家婆埋怨丈夫般的话："你昨晚上死哪儿去了？"

"你还知道关心我啊？"我飞快地打字和她斗嘴，"一晚上没见我这会儿才发现？"

"我刚到家。"

"浪哪儿去了？"

"和关诚啊。"

八卦之魂令我坐直了身子："在他家过夜了？"

"看了一晚上电影。"

"我相信你，因为我只有五岁。"

"不说了，他在屋里呢。"

"哇，那我是不是晚点儿回去比较好啊？"我配上了贱兮兮的"微笑"表情。

她没回我。

想着还是不要做一个远程电灯泡招小情侣讨厌了，我便收了手机，趴在车窗上看丁兆冬打球。因为太远了不是很清楚，我只能认出最高的那个人形就是他，一次又一次地抢到篮板球，引来了不少围观的路人，里面不乏提着菜篮子的大妈，她们大约是在忆青春或者思春，心中打起了离婚的草稿。

不过丁兆冬虽然经常抢到球，却总在要投篮的关键时刻传球给队友，我看了一阵子，发现他每一次都把球传给那个穿红色球衣的人。

腿蜷得太久有点儿麻了，我便下车透气。陈叔拿着两瓶水也出来了，他递给我一瓶后我们边喝水边聊起天来。

"以前我和大冬一家是邻居，我和他父母是一个厂子里干活儿的工友。"陈叔解释了他和丁兆冬的关系，"我们小区里住的全是厂里的工人，大家邻里关系特别好，家家户户的孩子也在同一个学校里读书。"

我感慨道："那你们真的是相识好久了……"

"是啊，要是丁哥和嫂子还活着，我们现在还是邻居。"陈叔叹口气，许多往事顺着眼角的鱼尾纹流淌出来，浸湿了他的声音，"那场烧了三天三夜的大火，让多少工友的孩子和大冬一样成了孤儿。"见我瞪大了眼，他才知道自己失言了，"怎么？你不知道？"陈叔有些慌乱，恐怕自己说错了话，"唉，瞧我，这么好的天儿，干吗说这些扫兴的。"

"是工厂起火了？当时丁兆冬在哪里？"

见我不依不饶，陈叔犹豫地继续说："他在上课，和所有孩子一起待在学校里。"接着，他褪下右手的白手套露出布满烫伤旧疤的皮肤，边摩挲着边苦涩地说，"爆炸就在一瞬间，当天上班的工人没一个跑出来的。我老婆也在里面，虽然我和很多人立刻就赶到现场还是没能救出谁来，因为火势太大了。"

我震惊得不知道说什么好，只是喃喃："天……"

因为丁兆冬正朝这边走来，他重新戴上手套并结束了话题。

"二十年了……"陈叔望着丁兆冬，用手在腰间比画了一下笑着说，"出事的时候他才这么高，还在上小学，再见面时竟然是个这了不得的人物了，难以想象这孩子吃了多少苦，真的是挺不容易的。"

丁兆冬回到车里后，也许是经过了陈叔的背景补充，我再看这个自大狂竟然觉得他变得可爱点儿了，连脸颊上流淌的汗珠都在强化他人性中柔软的那一面。

"想不到你喜欢打球，那个穿红衣服的是你朋友？"我竟然想和他拉家常了。

他翻出包里的毛巾边擦汗边说："算不上是朋友，他是多×达集团董事长的儿子。"

"就是那个多×达？"我认识，全国人民都认识，我突然意识到什么，"雷老板又是什么人物？所以你和雷老板打麻将是故意要输给他钱？"不等他回答，我恍然大悟地总结，"原来如此，我还以为是你的朋友……"

他嗤笑道："友情这东西和爱情一样只是穷人们无聊时的娱乐而已，

比起跳伞、骑马之类要便宜也更唾手可得，维系所谓的友情唯一需要花费的就是时间——而我最宝贵的就是时间——对他们来说，时间是用来打发的，那他们用最不在乎的东西换来的感情，能值几个钱？"

面对他的歪理，我半晌只能想到一个从小听到腻的老生常谈来反驳："也有钱买不到的东西。"见他露出扭曲的表情，抢在他为我的这句话呕吐之前，我绞尽脑汁地做出补充，"你打球的时候没有一时半会儿的快乐吗？看你那么高兴，无论是真的还是假装给人看的，你不得不承认无论是积极还是消极的情绪，是用钱买不到的。"

"快乐还是悲伤都是虚拟的、摸不着的东西。我不做无目的的事情，别人对我是真情假意根本不重要，钱是真的就行。"他转过身来以俯身欲吻的姿势挑逗地对我说，"所以你也可以假装服从我，甚至爱我，反正谁也不会受伤害。"

我没躲开但也没迎上去，呆滞得像根树桩子。

他很不满意我的反应，像是蓄势待攻的狮子般眯起了眼睛，闷声闷气地命令道："主动一点儿。"

我逮到机会反击，贴近他的唇冷冷地问："这也是有目的的吗？"

他原本盛着愠怒的嘴角突然勾了起来，轻笑着说："蠢女人，忘了吗？你是我的付费娱乐。"

这大实话确实叫我无力反驳，只好用力吻上去泄恨。

- 06 -

眼看着陈叔很理所当然地把车往丁兆冬家开，若不是经过激烈抗议，我今晚又回不了家了。虽然这么一次简单的胜利是我自废尊严换来的——"我的腿酸痛得不行，腰也抬不起来了。"

此话一出，Mr. 淫魔丁的得意之情溢于言表："就饶了你先休息，看来以后得更多地做运动，才好跟上我的节奏。"最后口头调戏了我一把，又动手动脚地揩了把油后，终于舍得放我一马，让陈叔把我送回了家。

不过我也并没有撒谎，经过八块腹肌的斯巴达·兆冬·丁当健身杠铃般折腾了一宿，我真的有种脱胎换骨中的感觉，再多走两百步一身人皮都要蜕了。

这会儿爬楼梯时脚下还穿着高跟鞋，真是切身体会到了美人鱼刚生出双腿时走上岸的刺痛，没爬两层就忍不住把鞋脱了提在手里。

还没走到家门口，我就想喊南冰"接驾"了，却因为门里的一声声争吵闭上了刚张开的嘴。

关诚的声音："你是不是不正常！"

南冰的回应："我不正常还是你不正常？天天都想着那码事儿，你有点儿出息行不行？"

"我是个奔三的男人，你是我女朋友，我怎么就不正常了？我简直太正常了。"即使在吵架的时候，关诚那正儿八经的嗓音听着都像是在念台词似的雄浑厚重，"你是个大学生，不是小学生，至于吗？搞得我像个变态似的。"

"我只是觉得不该着急。"南冰的声音里夹杂着无力的笑声，似乎觉这场争吵无意义得很，"就不能顺其自然吗？"

"我这还叫急吗？是要等到结婚以后才叫自然吗？你不怕把我憋成不举？"关诚这台词也太下流了，估计省级电视台是不给播的，不过后半段又马上话锋一转回到了黄金档的偶像剧画风，"南冰，你到底拿我当什么？你是真的在和我谈恋爱吗？我觉得你离我好远，不管我是拉着你的手，还是在亲你的嘴，你根本就不在我身边。你……说实话，你心里是不是只有那个姓向的小无赖？"

究竟是该敲门进去还是转身去楼下静静，我的心陷入了艰难的挣扎，可是整个身体都紧紧地贴在了门上，恨不能许雯雯此刻也在身边和我一起讨论这个剧情走向——"告诉他！说！说你爱的是向海！"——我们一定会一起摇旗呐喊。

然而南冰只是沉默。

"不说话是吧？呵，我就当你认了。"关诚叹出一口冷气，声音中透着千锤百炼的狠劲儿，"可我不认。"

一阵推拉声接着一记响亮的耳光声，半秒寂静后又是一阵物品稀拉坠落和衣物拽拉的撕扯声。我怕南冰有危险，赶紧把钥匙捅进锁眼边开锁边拍着门叫："嘿！嘿！"

一推开门见到关诚把南冰压在沙发里强吻，他的手正从她的衣服下摆里伸进去乱摸，我立即丧失理智般冲上去扯着他的后脖领子，一手拿着高跟鞋狂拍他的脑袋怒吼："滚开！滚！"

因为有外人的介入使得关诚恢复了理智一跃而起，我才看见他半边脸红着，嘴唇也被咬破了，一副他才是受害者的样子。

好久没见到他了，也不知是否故意蓄起了胡楂儿，但是深陷的眼窝揭示了他的生活并不尽如人意。

"我……"他茫然地看着我们，半晌后似乎才意识到自己都干了什么，愁眉苦脸地试图挽回，"南冰，我对你是认真的，我们之间不会完。"说罢，他用手掌奋力地击打了两下脑门，便转身摔门而去。

我起身跑去把防盗门的二重锁也闩上，再转身回到坐起来整理衣服的南冰身边。她的指尖在梳理刘海时止不住地发抖，我忙握紧了她冰凉的手。缓了一会儿后，她从沙发垫子下摸出香烟，点燃了一根抽起来，手指的颤抖才渐渐停止。

以前她是不抽烟的，只是曾经好玩地蹭过几口向海的烟，我知道最近她开始偷偷躲着抽烟了，有时候深夜我去上厕所时还能嗅到没有被抽风机带走的烟味。

"艾希啊……"她吐出一口烟，苦笑着说，"我这辈子是栽在向海手里了。"

或许是烟雾迷了眼，南冰的眼眶里竟有些波光盈动。我低下头去不看她失了魂的模样，脸颊贴在她的肩窝里，感受着她轻微起伏的脉动，坚定地说："什么也别多想，你不需要关诚，也不需要向海，你有我就够了。"

——因为我也不需要什么杨牧央，什么禾仁康，我只需要丁兆冬的钱。

"我以后要买一座大房子，一层给妈妈住，而你的房间在楼上紧挨着我的。"我双手搂着她单薄的身体轻轻摇晃着，充满憧憬地说，"楼下是我的画室和你的咖啡店，在房子外面的花园里养两条凶狠的杜宾，白日里拴着，在夜里就为我们巡逻，你什么也不用怕，有我在。"

我的目光汇聚于落在地板上的高跟鞋——具体来说是它显眼的LOGO上。

人这一生匆匆忙忙，除了赖以生存的物质之外没有什么是必不可少的——多少人可遇不可求的一个将平庸命运改写浮华的机会，现在就摆在了我的眼前——何必再哭哭啼啼、怨天尤人，与其被它撕碎不如由我与虎谋皮。

我不再想要很多的爱了，爱太复杂又太难以维系，我只要很多的钱，我想要一些不会破碎的，也不会疏离的，即使是没有声息的、没有温度的，却永远属于我的东西。

"艾希，别离开我。"

我低头轻吻她的额头，如同亲吻女王直指自己胸口的权杖，庄重地起誓：
"嗯。"

第七章
chapter - 07

- 01 -

转眼临近夏天，日子过得真是太快了，去年那场冻得耳朵几乎失聪
的大雪似乎还留着一层薄冰在我的皮肤上，而杨牧央也还站在那座漆黑
的消防梯上撕心裂肺地一声声喊着我的名字。

至于丁兆冬这个人，除了他时不时违背本妇女意愿强行与我发生性
关系之外，看起来也没那么讨厌了——也许我患上了传说中的斯德哥尔
摩综合征——总之我已经习惯这个人身体的触感和气息，毫无怨言地一
次次提起裤子后便走进厨房为他做饭，甚至熟悉了他挑剔的喜好：极端
讨厌酱油和味精，喜欢食材天然的味道。

无论我们是否愿意，朝前涌动的时间在逐渐抹去我们来时的痕迹。

为了验明自己至今做出的一个又一个选择是对是错，我尽可能把每
一天都过得严丝合缝。由于要创作绘本还要顾及丁兆冬的随叫随到，我

找了一份坐在家里的轻松兼职，就是给漫画家通过网络传来的线稿上色，钱不多但胜在工作时间自由也磨砺了我的色感。

终于快画完整本书了，内容在赵碧琪的建议下是描述都市男女的淡淡情愫，走市场上最好卖的心灵鸡汤路线。

书名是经过我日日夜夜辗转反侧、分分秒秒咬碎牙根才终于想出来的——"云踪瑰迹"，就这四个字被我在速写本上变着花样地设计字体，几乎可以再出一本书了。摸着每一道笔迹凹陷想象着图书摆在书店的那一天，觉得自己真是才华横溢，德艺双馨。

虽然赶稿中途我几度想放弃这次出版机会，甚至仔细研究了合同有没有违约赔偿的条款，但是赵碧琪"敬业"得让人望而生畏，她几乎每隔两天就来关心一下我的进度，态度亲切和善得叫我隔着屏幕以为对面是个一星的淘宝卖家。

在结束了那一次钩心斗角的约会后，我还以为她会把我从所有名单里拖黑，甚至把我的联系方式发到约炮网站上去，结果她却像失忆一样——甚至擅自脑补了我们曾经多么情同手足的记忆——对我比以前更热情了。

这就是社会人吧？——涉及利益的话，坐在火山口上也能笑着敬酒——我只能这么为她的两面三刀做出解释了，却也并不认为她的处世方式是错的，正因为我做不到这么圆滑，才感觉自己与社会格格不入。

- 02 -

"哎，小公主，你画完皮了没有？"许雯雯边把洗手间的门拍出了架子鼓的效果边嚷嚷，"开门快开门，要出人命了！"

我正对着镜子画眼妆，腾出一只手给她开门，骂道："号丧呢。"

她的裤子已经脱了一半，冲进来一屁股坐在马桶上一泻千里后才舒服地叹了口气说："至少有六个月那么大。"

"我……勒个去！"被丁兆冬严厉纠正过两次后，我受惊时不再条件反射地骂"我×"了，"积点儿德吧你！"在被这朵巨大的恶臭蘑菇云杀死之前，逃生本能让我敏捷地抱起化妆包夺门而出。

她又叫："小妖精，随便搞一搞就得了，今天启旬也要去看车，你要敢比人家美小心我分分钟泼硫酸。"

"那你还是把我烧了吧，一根头发丝儿也别留下。"我坐在沙发上蜷起来边继续化妆，边笑嘻嘻地冲她喊，"我就是三天不洗澡也比你美啊。"

她跺着脚叫："厚颜无耻啊，把我的屎都恶心回去了。"

这些天我的情绪是特别明朗，心中无一物也无处惹尘埃的感觉——心里没谁惦记了——日子过得特别简洁、敞亮。

虽然画地为牢只为挣钱、吃饭、睡觉，精神上倒也有梦想果腹，活得像一头快成仙的兽。

许雯雯边提裤子边走出来吧唧着嘴说："画吧画吧，就是你把脸画成京巴……"我正陷入苦难的抉择，是该取笑她从厕所里出来却像吃饱喝足了似的吧唧嘴，还是问她提到的"京巴"是不是想说"京剧脸谱"——"反正你也会被南冰秒成渣渣。"她的后半句已经说完了。

南冰此刻在车展做模特，站的是德国汽车的台，不用看也知道她美得上天入地所向披靡，我怀疑今晚微博一打开就能看见"最美车模"的热门话题，不过也正因为如此，我才用力地化了个精致的全套妆容，虽然并不妄图和牡丹去争奇斗艳但我也不想输得像一根狗尾巴草。

在我忙忙碌碌的这些时日里，南冰也没闲着，她第一次参赛的设计作品取得了很好的成绩，抱了个写着"国际一等奖"的玻璃奖杯回来，虽然她说一等奖上边还有三十六个特等奖，但冲着"国际"两个字也算是拿得出手的资本了。为了给自己的学历锦上添花，她在老师的鼓励下又马不停蹄地继续参加各种设计比赛。

而许雯雯这货平时也不见去学校里上课却比我俩表现得都要忙，成天成天地见不着她那一幢挤入眼帘的人影，我和南冰都感觉眼里空落落的。

有时一消失就是一周，叫我和南冰都快忘了有这号人，只是奇怪这屋子住起来怎么越来越宽敞了？

偶尔凌晨见到她回来，也跟上快捷酒店似的洗漱完了就匆匆躺下睡个觉，难得清醒地跟我们坐一块儿吃顿饭，问许老板最近忙什么大业务呢？她就说谈恋爱。

就是小学生也不信。我和南冰默契地对视一眼，她眉尾一抖示意我"上"，于是我胸部一挺，双手往腋下一拢，左右手举到肩膀再一翻转后摆出"碧池"脸轻飘飘地哼道："原来你家谈恋爱是穿条睡裙左手烟来右手酒地谈，到底是会玩，我们家的恋爱就谈得比较无聊了，吃饭逛街拉拉手，根本是古代人。"

"你？和丁总裁？就假设你那叫谈恋爱吧，你们哪儿有吃饭逛街拉拉手？"许雯雯也挺起了她的——那不能叫胸，叫母乳吧——然后抬起手，以食指在空中戳了三戳说，"你们的早午晚活动具体来说只有：睡。睡。睡。"

我忘了自己早已不是良家少女，被她三个"睡"字戳得心窝都漏血了，立即败下阵来缩成个小龙虾状，端起碗喝了口汤。

不过我也没冤枉她。

每回许雯雯回家来时，我躺床上正睡着呢不用睁眼就知道走进客厅里的是她，不是南冰也不是采花贼，因为那一身浓郁的烟与酒和各种廉价香水杂交的气味，让我做梦都是 KTV 包厢的背景。

变化还出现在许雯雯随手扔在沙发上的衣服，原本品味就堪忧但好歹还是以城乡结合部少女风主打的她，最近买的都是什么鬼东西，手感打滑的丝质白色吊带裙、以渔网为灵感的黑色抹胸、过马路能叫停所有车的鲜红色高筒靴。

看着这些不该出现在未婚女子房中的破布片儿，想象力匮乏的我和南冰只能预见到两类主力购买人群，比如企图与自己的秃顶丈夫再创激情的老熟女，再比如就是混迹于夜场的陪酒小姐。

由于虾兵蟹将的无能，南冰大王要出手了。她淡定地咽下一口菜后，以镇宅老夫人的语气说："你呢反正也不是我们生的闺女，爱上哪儿浪上哪儿浪去，就是翻了天了也和我们没有一毛钱关系。问题就是我们好歹朋友一场，又是同一个屋檐下住着抬头不见低头见的，有没有想过万一你出事儿了，我们掉两滴眼泪还是次要的，哪天警察来敲门问我认不认识你，看两眼不晓得是睁着还是闭着眼的照片也耽误不了我多少时间。"她又伸出筷子，夹了一块西蓝花的动作而已也被她母仪天下般的气场演绎得像是慈禧在用膳，"最怕的就是不晓得哪天敲门的是电视台，端着镜头举着话筒也不打招呼就冲进来了，这不是逼我在家每天都要化妆吗？和你做朋友，太费钱。"

"姑奶奶，别说得我明天就要两腿一蹬似的行吗？"许雯雯求饶，"人家干的也不是和枪子儿打交道的事,不危险。"

"你可以现在上网用'酒空格烟空格死亡'做搜索关键词试试?更别提你伺候的都是些什么牛鬼蛇神了,换了是我宁可选择站在枪林弹雨里也不想和他们坐一张沙发。"南冰瞪着她,举起两根手指来严肃地说,"一别碰毒品,二别碰高利贷,注意安全。"

其实我觉得她还少说了一个,别碰可疑的男人,虽然已经来不及了,许雯雯身边最可疑的男人就是她的新男友苏启旬。

- 03 -

这次南冰去车展站台的活儿也是许雯雯给介绍的,报价每天四千真的很不错,虽然模特公司要抽一半那也还有两千块,我也动了心只可惜身高不够。

听许雯雯说她带南冰到公司里去面试时,经纪人立刻带她去见了经理求她和他们签约,各种包装推广的计划和灿烂的前景吹得天花乱坠,可是这女人生着一双活该走 T 台的腿却志不在此,她只想开家小店做老板娘——暴殄天物——"真想砍了她那双腿安我身上。"许雯雯捶胸顿足地说,"一年,哪怕一年呢!不,一晚上也可以,让我享受一下被男人跪舔的浪漫也行。"

不过南冰和钱没仇,她收下了经纪人的名片表示缺钱时就会来打零工。许雯雯不乐意了,照她的话说:"这是自己的姑娘被别的老鸨子当面挖墙脚啊!"所以出了公司大门就找借口把名片要走了。

"我也是为了冰冰好。"许雯雯走在我身边,语气诚恳地说,"这圈子纸醉金迷的,怕她被人骗给人带坏了。"

"不可能。"我斩钉截铁地驳斥,"就是在泥巴里打滚玩儿,南冰站起来也跟洗过澡似的干净。"

"话先别说这么死……"许雯雯的眼珠子在我脸上意味深长地滚了一个来回后说，"你看看你。"

"我是我……"我的前半句虚弱可是后半句又坚定起来，"她是她。"

"懒得跟你争，要是放丁兆冬的一根头发丝儿在我眼前，人家也愿意一身泥。"许雯雯提了提快滑到乳头下边的抹胸款短裙，踮着脚在人山人海里边寻找苏启旬边向另一个不在眼前的男人抒发爱意，"要是能睡在他身边，我情愿烂死在泥里面再也不起来。"

她没有穿我送的裙子，主要原因是穿不进去，这怪我考虑不周忘了大牌都歧视 XL，还是应该送鞋子给她的，另一个原因就是上边带着丁兆冬家里的气息，她要垫在枕头下面，晚上嗅着那气味可以催梦。

车展里的人多得像是春节前的超市。我还真不信这里面能有一半人买得起展台上的车，比如身上挂满长枪短炮此刻正满场飞的业余男性摄影师，他们全部家当也就换那怀里的器材了，看他们一会儿踩在椅子上一会儿趴在地上的猥琐样儿，这辈子的追求约莫就是把女人走光照按高矮胖瘦编了号存满硬盘。

至于那些手里举个手机也玩命儿地往人群里钻，恨不得从车模胯下往上拍的男人，应该是从工地请了假，骑着单车赶过来的，要么老婆是右手要么老婆就是妈，难得有个收集性幻想素材的机会，可不是要拍够大半年的。

我看这些车模有的穿得像礼仪小姐，有的像啤酒小姐，有的像促销小姐，大部分的像小姐。

而男人们的镜头对焦最久的那几个女人，身上穿的衣服根本就是条状或块状的马赛克，恰恰好挡住了那么三个重点，趴在车上搔首弄姿的画面让我想做点儿善事，去门口立个"少儿不宜"的牌子——"P. S. 处男也不宜"——我一个女人都受不了这刺激，快被比菜市场肉摊更重的荤腥气味给熏吐了。

忽然觉得南冰应该是上不了微博热门了，因为她的美太高级，远远凌驾于这些底层直男的粗浅审美之上，他们要的是村里最饥渴的寡妇，而她是雪山里最冷傲的女王。

在我寻找我家女王时，许雯雯找到苏启旬了，他举着手机倒是没拍车模而是在人少的地方专注地看车。这不奇怪，毕竟他读书时追的是我，可见其对女人的品味还是脱俗的——他喜欢清新文艺型的女生——所以我才怀疑他和许雯雯在一起的目的，不过也可能是吃素太久了就想换口味。

苏启旬似乎看上了一台日系小轿车，被许雯雯拉着走过来的时候嘴里还滔滔不绝地赞美那辆车的性能，直到他见了我才立即闭嘴，脸上洋溢着久别重逢的欣喜道："艾希！好久不见。"

这瞬间我更确信他和许雯雯在一起是心怀不轨，因为一个男人对异性有好感时的眼神，是我再熟悉不过的信号。

我礼貌地颔首说："你好。"便任由他如何攀谈也不说话。

按理来说像他这样白白净净的男人不至于太惹我讨厌，但因为他和艾曲生一样戴副眼镜，而文质彬彬的书生模样也有重叠，所以我对他怀有出于本能的抵触，甚至一丝恐惧。

- 04 -

物以类聚、人以群分的科学在南冰站的展台前被充分阐述，她这边的观众也是围得水泄不通，却比别处要安静得多也没有那么多像青蛙般趴在地上的龌龊男。也许是因为南冰穿得太多了，又太庄严圣洁了，以至于人们竟有种在卢浮宫中欣赏艺术品要控制音量的自觉。

她穿着一条仅仅裸露双肩的洁白长裙，在丁兆冬的影响下开始关注时尚的我一眼就认出那是某大牌的当季新款，下摆从腰身处逐渐散开像是一注旋转着漾出去的鲜奶，柔滑的表面飘满了星辰般的水钻。

这样一条浮夸的裙子也就南冰这样的女人才驾驭得了，她陶瓷般的皮肤散发着不含一丝杂质的冷清感，冷漠的表情更是拒人千里之外——脸上仿佛写着"车展什么鬼，这裙子是什么玩意儿，啧，什么狗屎都离老娘远点儿"——她的气场类似大秀开场的超模，一举一动对台下的凡人们是浑然天成的不屑。

她是一束冰雕的百合。

肉只能引来狗，花，引来的才是赏花人。

也就是在南冰面前，我才会瞬间丧失身为女人要与同性竞争的天性，无论我精心装扮得多么气势如虹，一旦见了她也只想吹着口哨冲人们喊："看她，别看我，这是我的女人。"

"南冰啊还是老样子，一点儿都没变。"苏启旬站在我身边说话，语气里带着些轻飘飘的酸味儿，"她还是和那个叫向海的公子哥在一起？"他很明显地不好南冰这口烈酒，对他来说太强势了，以前他就在写给我的情书里文绉绉地提出建议："我不喜欢你那位叫南冰的朋友，她仿佛总是看不起人，这样傲慢的女人是要不得的，学长担心她会把温婉的你带坏，最好早些离开吧。"

我当时特别想说：放心，好在南冰这样的女人也不是为你准备的，三从四德的织女才甘心俯首于一穷二白的牛郎，配得上独一无二的女王的当然只有傲视群雄的国王。

虽然没有见到向海，但我知道他就在场内某处凝望着南冰，因为当他得知南冰要做车模时恼火又紧张，担心鱼龙混杂的现场会有危险，不过他也管不住她，所以肯定会像个跟踪狂一样暗地里守护她。

向海是镇不住南冰的，却是唯一能与她抗衡的男人。

这两个烈性的人站在一起，能凭空把房子烧成灰烬，甚至海面也要泛起火星。

当关诚弹着吉他出现时，我第一反应是把无辜群众尽量疏散了，再打救护车电话请他们随时待命，还得叫上消防车，因为械斗甚至火情都有可能发生。

场馆里的背景乐是纯音乐，所以当有人唱歌的声音响起时，人们都不由自主去寻找来源。我回头就看见人潮犹如在马路上给救护车让道似的给关诚他们让开了一条路，他带着自己的乐团来了。

不知道他们从哪里搞来的推车放设备，关诚抱着吉他站在上面唱："见过春霜，见过夏雪，我却只记得你眼底星钻，行过天荒，行过海漠，我却只记得你唇瓣柔软……"没听过的歌词，估计是他的原创。

因为关诚的容貌太俊朗，音色太透亮，所以车展的工作人员们面面相觑，以为是哪个厂家为了宣传请来的歌星表演。

关诚虽然还是挂了满身丁零当啷的首饰，但我还是第一次见到他这么正经地穿一袭修身黑西装，比起平时那副流浪艺术家的造型，从坐地铁的一跃帅到了开跑车的高度。

这迎面而来的 MV 画面使许雯雯心肌梗都要犯了般双手按在胸口，由于男朋友就站在身边，呼吸急促的她也只能贴在我耳边悄声说："我要给他生孩子。"

想给关诚生孩子的可不少，周遭多少跟着老公一起来的女人此刻纷纷枯木逢春、双颊潮红，我怀疑她们马上就要抱着娃冲上去逼婚了，而关诚自己却也是来逼婚的。

在南冰还一头雾水时，关诚跳上她所在的展台，并单膝下跪亮出一枚戒指："我想这一辈子，我是不会再为任何一个别的女人挨刀子了，只有你，南冰……"他诚恳而激动地一字一顿道，"嫁给我。"

台下观众的喧哗声才刚刚翘起个头来，便被人群中一声愤怒的暴喝打断："去你 × 的！"剧情迎来新的高潮，又一个穿着黑西装的男人蹿上了舞台，"她是我的女人！"

原本还试图上台干预的工作人员这会儿彻底不动了——肯定是商家的炒作——他们做出了正常人面对此情此景的合理判断，两个散发着野生猎豹般雄浑荷尔蒙气息的性感帅哥当众争抢一个世界小姐冠军相的美女，这种舞台剧的华丽视觉效果当然是经过精心安排的。

刚刚还为关诚春心大动的女人们，看着向海的脸又要生第二胎了。

"那不是向海吗？真是，他和南冰都长不大。"苏启旬饶有兴味地托着下巴说，"永远都把生活过得像梦一样，当自己是影帝和影后呢。"

许雯雯已经顾不上苏启旬了，她亢奋地抱着我说："哎哟喂，这一分钟我要是南冰，死而无憾。"

没料到情敌也在现场的关诚从地上弹了起来，怒目圆睁地摆出一副要杀人放火的架势："这里没你什么事儿。"他恶狠狠地冲向海低吼，"滚开。她是老子的女人。"

"是吗？你有证据吗？"向海流露出"男人之间才懂"的冷笑，语意故作暧昧地轻蔑道，"非要说她属于谁的话，我想属于我的'证据'和'程度'应该比你多得多也深得多……"

"啪！！"不等关诚动手，南冰先扬起一巴掌甩在了向海得意扬扬的脸上，吵吵嚷嚷的群众随即倒吸一口冷气陪着关诚一起惊讶，而我已经习惯了，这么多年来一个大耳刮子已经是南冰和向海进行正常交流时的必要开场白。

"别给我丢人现眼了，拜托你这么大的个子能不能假装是个智商正常的成年人？要暴露心理年龄等没了外人随便你撒野，老娘给你换尿布。"南冰教训完向海后转身又斥责关诚，看起来像个被俩熊孩子气得痛心疾首的妈，"你们拿我当什么？啊？一人一句'我的''我的'，老娘是你掉地上的钱包吗？我是个有自理能力的大活人，爱干什么干什么爱跟谁好跟谁好，你就是拿出结婚证来了没有卖身合同，我的版权、解释权也归本人所有。"

"说得好，今天就是个闹剧。"向海向南冰伸出手说，"走，跟我回去，别搭理他，连自己在你心里算个什么东西都不知道。"

关诚怒了，却也只是紧盯着南冰说："老子受够了纠缠不清，南冰，你能不能做个选择？只要你一句话，你要选了那个傻×，我就消失。从此大家一拍两散，能是多难的事？"他打开手中的戒指盒，露出里面代表璀璨誓言的钻石，"南冰，今天要么你戴上这枚戒指，要么我俩就到此结束了。"

因为南冰一直看着关诚，所以看不见她表情的向海急了，他叫了一声"冰冰"引她回头，伸出去的手还那么悬空端着，眼珠子已经在颤抖了，"你知道吗？外面有一栋二十层高的楼，你现在不跟我走，我就从上面跳下去。"他笑着威胁，语气沉重犹似道别，"南冰，你是知道我的，我说到做到。叫我活着看你嫁人，我宁可去死，做了鬼也要缠着你，等你死了才投胎，下辈子再追你。"

"我×！"关诚冷笑着爆粗口，他指着向海对南冰说，"你看看他，哪里像个爷们儿？一哭二闹三上吊，动不动就抽抽，比娘们儿还娘们儿。你在犹豫什么？"

现场好安静，似乎所有人都在与台上的两个男人同呼吸共命运。

在观众们屏息以待时，我作为一个已经被剧透的人有种"众人皆醉我独醒"的骄傲，不用说南冰肯定是——咦？

她突然上前拉住关诚的领子拽过来就是一吻。

在向海还来不及心碎，我的下巴还来不及脱臼，群众也还来不及鼓掌庆贺时，南冰转过身拉向海的手，跑了。

归根结底，还是向海——这才对啊，我抬手把嘴合上。

"哇，渣女。"许雯雯为这个结局做出一句话短评。

- 05 -

好戏散场后车展内又恢复了菜市场般的熙熙攘攘，人们对于厂商的"炒作"很是津津乐道，女人们为了选择哪一个男人而争执了起来。许雯雯一手挽着苏启旬撒娇也要一场演唱会般的求婚现场，一手挽着我百无聊赖地说："真是没惊喜，谁都知道南冰是注定要和向海结婚的，比韩剧都要没悬念。就是可怜关诚那么一个精装大帅哥,成了这俩妖孽用来调情的道具了。"

我没有接话,因为我知道南冰和向海就是南冰和向海,他们的名字也几乎凝结成了海面冰山般的羁绊,是交融的、密不可分的,可是他们不会结婚。

"带包烟给我。"

半小时后,南冰发了一条信息给我,说她一个人在展馆外那栋二十层楼的屋顶上。

"又和那傻 × 分了一次手。"她说。

我先坐电梯抵达最高层,然后走楼梯来到屋顶,暗黄色呈云海般缓缓涌动的雾霾浮在建筑物四周,将我脚下行走的水泥地面烘托成了一艘沉默的巨轮。

南冰穿着雪白长裙的单薄背影并不像是落跑的新娘,更像是受到判罚而坠落的天使,她裸露的蝴蝶骨上原本生着一对巨大而丰厚的翅膀。

北风鼓动着她长长的裙摆,被脏污空气对比得尤为刺眼的蓝天似乎对她充满怜爱,似在乞求风再大些、更大些,把她带回到众神的身边去。

"南冰……"我叫她,怕她真的会飞起来。

她回首那一瞬间的眼神更叫我慌忙冲过去用力抱住她,知道她实实在在地存在于我怀里,才安下心来叹了口气问:"你和向海说什么了?"

"就那些老生常谈,还能说什么?难道要告诉他……"她在我耳边说话，呼吸却没有温度，"我被他爸强奸了吗？"

她的体温形成了一柱冰溜子犹如利剑般将我贯穿，使我们更紧密地融为一体，这一生再也不能分离。

"得了，快被你勒死了我。"她只在我怀里老实了两分钟便挣开，恢复了无所谓的神情，"烟呢？抽两口我还得回去打工。"

我们坐在废料堆积成的小台阶上，看着远方雾色中模糊的林立高楼，像是坐在荒漠中遥望海市蜃楼。

"我把他骂了一通，叫他滚，永永远远地滚开，不要干涉我的幸福，要死也等我死了再死，不然我还得每年惦记着去给他上坟，很耽误我养孩子啊……"她抽一口烟，本来就沙哑的嗓子这会儿更像是哭过三天三夜般，"不然要怎样？你能想象我和那傻×结婚后怎么过吗？"她转过脸来看我一眼后虚弱地笑了笑，又转回头去说，"要怎么和那个老畜生相处？在婚礼上，在餐桌上，叫他爸爸？我有时也做荒唐的噩梦——"

"南冰。"我叫她，与她十指相扣的手用力捏了捏示意她不要再说了。

她却像是被捏碎了骨骼不断淌血般倾诉："梦见那一天，也可能不是那一天，我还是个高中生，也可能已经是向海的老婆……都不重要，我在向海房里的那张大床上小睡，然后感觉有什么很恶心的东西在摸我，睁开眼只看到老畜生压在我身上……我抓他，踢他，被他狠狠地打，掐着脖子……"

"不要再说了。"我忍着泪，从来没告诉过她，我也经常梦见那一天。只是在梦里我从来只是不断地接到她的电话，听着她无助的哭泣声在迷宫中徘徊，我哭着不断地问："你在哪儿？在哪儿？我找不到你。"

而南冰却不回应，只是哭。

"那也不重要了，最恐怖的是有时我会梦见向海，他就傻乎乎站在那里看着我挣扎，有时他会哭，有时他会愤怒，有时他面无表情地瞪着我，似乎在责怪我……"南冰没注意到烟头的灰已经积成了一杆枪，终于落在了裙子上时她才回过神来，"×！"边用手掸了掸边说，"弄坏了要老娘赔钱的。"

我拿过她的烟屁股，狠狠吸了一口结果呛到了，猛咳。

"傻瓜。"她温柔地笑了，把烟屁股夺回去掐灭了用手指弹得远远的，然后边摸着我的后背边说，"在向海面前假装若无其事已经用光了我的力气。"

我的眼睛里全是泪，边咳嗽边断断续续地说："都……过……去……了。"

"认真地说，没有你的话，我可能在那一天就已经死了。"南冰的头枕在我的肩上，母豹子般叱咤风云的她以难得驯服的柔软眼神看着我说，"没有向海也可以，我有你就可以。"——明明是乞求，却是以命令的口吻——"艾希，别离开我。"

我低头轻吻她的额头，如同亲吻女王直指自己胸口的权杖，庄重地起誓："嗯。"

"对不起。"

——如果我是能主宰命运的神，你这一生明明应该是无忧无虑的。

第八章

chapter - 08

- 01 -

不知道人这一生是做美梦还是噩梦的次数更多？我最初想是因人而异吧，也许和物质条件有关，后来又推翻了自己的假想，在高层公寓里居住的孩子可能总是梦见不间断的小提琴练习，在地下室里入睡的孩子也可能常常梦见斑马奔走的金色原野。

对于已经去过非洲大草原的孩子来说，可能斑马也算不上什么了不起的美梦，而对于吃不上饭的孩子来说，练习拉小提琴更谈不上是噩梦。

反复出现的噩梦通常是人们在生活中必须面对的困境。

即使已经离开家里独立了，我也经常梦见艾曲生，有时是在现实生活中发生过的场景，有时是更离奇的，内容永远是他在无理取闹地把我逼入绝境，而我总是智商不在线般哭个不停，醒来后才会条理清晰地愤怒起来——应该如何如何做才对啊。

当时我做得足够好吗？至今我也会问自己，在南冰生命中最悲惨的那一天，她选择了向我求助，而我做得足够好吗？肯定是不够，不然我不会一再地、一再地梦见那一天。

南冰从未在电话中讲话那么支支吾吾，像是躺在手术台上被开膛破腹般气若游丝，她还没说出个所以然来，我心里已经有了许多不好的联想比如她出了车祸或是遭遇了抢劫，她今天上午人还好好的，给我发了信息说在向海家里玩，现在却说在我家附近，她还没开口叫我下去，我已经边用肩膀夹着电话边穿好外套挎上包冲出去，甚至没来得及确认窗外正飘着小雨而忘了拿伞。

南冰蜷缩成花骨朵儿大小蹲在居民楼的阳台罩下躲雨，宽大的冬季校服勾勒出她瘦骨嶙峋的骨架，听到我靠近的声音时，埋在胳膊里的脸抬起来，在昏暗光线中也能见到上面布满泪痕。

她的模样比我想象中浑身是血的她还要糟糕，因为她是南冰，是我流血不流泪的高傲小女王。

我蹑手蹑脚地走上去像是怕吓跑一只容易受惊的麻雀，蹲下来捧起她的脸，却在微弱的光线中见到红肿青紫的眼皮和破掉的嘴角。我发出了无声的惊呼，张着嘴却不知道该问什么，她显然是挨了打，脖子上也有几道血迹干涸的抓痕。

她握住我的手，指甲无意识地抠进我的肉里，眼神空洞地说："我被强奸了。"

突然间我脚下这条楼间距中的狭窄缝隙犹似一个漆黑憋闷的防空洞般无限延长，左右是壁，前后无头，并不倾盆的冷雨很快将出口堵死，迅速漫延上涨，没过了我的喉头，填满了我的胸腔。

- 02 -

这一天南冰和向海原本是去学校里进行演讲彩排，却收到"因故取消"的通知，因为也没想到要去哪儿玩所以向海提议去他家打游戏看碟，还可以把我和杨牧央、许雯雯和怪兽叫来一起闹，因为他爸妈都不在家里。

南冰已经去过向海家许多次了，和他父母也早已熟到被他们开玩笑叫"乖女儿"的地步，所以才会在向海出去买游戏盘和零食时，毫无戒备地在他的卧室里睡午觉。

向富鸣是带着一身酒气独自回家的，他被向海房里电脑正在放电影的声音吸引，又见到南冰一人躺在床上熟睡，平日道貌岸然的向叔叔动了只能用鬼上身来解释的邪念。

通过南冰混乱的描述，我得知了原来在他施暴过程中，他的老婆钟勤勤一直在楼上休息，是直到被捂着嘴的南冰咬伤了向富鸣大叫向海的名字时，穿着睡袍的她才从楼上冲下来。

向家豪宅确实很大，但也不至于楼下的动静一点儿也听不见。在钟勤勤发现老公正压在自己儿子的女朋友身上时，从她崩溃的尖叫斥责声中，南冰才知道了这个看似美满的家庭深藏着的恶臭丑态。

这对夫妻之间早已有名无实，只是出于各种便利的理由选择了在向海与亲戚之间伪装和睦，在儿子不在家时，俩人都曾经带过自己的情人回家厮混，这才导致睡得迷迷糊糊的钟勤勤无视了楼下的响动。

南冰趁俩人争执时跑了出来，精神恍惚中想到的第一个人就是我。

而我只是个高中生，当遭遇到以个人力量不能面对的剧变时，在不够长的人生经验里能提取出来的有效应对信息只有：找妈妈和找警察。

可是南冰既不想第一时间报警，也不同意我联系她父母，她抓着我的手腕说："去给我买避孕药。"

我顶着一张未成年脸走进药房，很坦然又仔细地一遍遍确认事后避孕药的服用方法和注意事项，并一再要求穿白大褂的阿姨向我保证绝对有效。面对大叔大婶的侧目和售货员的猜疑，我没心思扭捏也没有空去羞涩。

之后我们去了快餐店的洗手间，用水和纸清洗南冰脸上的污迹。

从校服领子里能见到她的T恤被撕破了，我脱下自己的要和她交换，她也没拒绝。

我们面对面站在狭窄的隔间里，我替她抱着书包，当她脱下衣服露出肋骨清晰的身体时，雪白的皮肤上零星散布着被抓抠、殴打的痕迹，接着她又弯腰脱下长裤，我见到她准备脱下内裤的动作，忙转过身去面对着墙，只听到身后轻幽得如同叹息的一声："好恶心。"

这瞬间我想杀人，我想放火，如果我有超能力，如果我是拥有权力的独裁者，这一整座城的人都别想活。

在我反复而强硬的要求下，南冰同意先去社区诊所检查伤势，这期间她书包里的手机一直在振动，我们都能想到是谁——要么是向海要么是他妈——她连看也不看一眼，也可能因为她还没回魂。

在去诊所的路上，她一直表现出故作轻松又心不在焉的应激反应，仿佛什么事情也没发生般和我聊起了下一次考试的重点。

该不该立即通知向海？要不要自作主张替南冰报警？是不是应该劝她和父母商量？向海要是知道了这一切，以后他和他家里又该怎么办？

我表面上无所谓地应和着南冰的话题，其实我们聊得已经牛头不对马嘴，心里的胡思乱想犹如嘶叫的高压锅般快爆炸了。

"她是傻吗？报警啊！"——当我们看见一篇又一篇少女遭遇强暴却选择沉默而不报案的类似新闻时——我们不止一次以事不关己却又充满正义批判的语气质疑她们，"怎么可以让坏人逍遥法外？那岂不是对自己的二次伤害吗？"

因为我们太小了，眼里的世界非黑即白、邪不压正，没有那么多复杂的犹疑、纠结的挣扎，还是因为我们太小了，小到以为这世上所有阴暗龌龊的事件不会发生在我们身上，永远只存在于新闻里——

即使我们也曾设想过万一，万一厄运发生时我们要如何面对，却没料想来自真实生活的重击是永远令人措手不及的——

手机还在一直振动，我试探地问："向海回去没见到你，会担心吧？你至少和他说句话……"

南冰把书包递过来示意让我接听，我看了一眼确实是来自向海便接了，却传来钟勤勤紧张而神经兮兮的声音："你人在哪里？"

我慌张挂断后，见到屏幕上显示的未接来电有三十多通，还有大量未读短信，铃声再度响起，南冰竟授意我将诊所地址告诉她。

"总不能让受害者埋单吧？"她的笑是潮湿的。

- 03 -

南冰身上的伤势不严重，医生是个慈眉善目的阿姨，她一直在絮叨："你们这些小孩子啊可不比我们当年了，那时候我们也吵吵最多报告老师，你们呢一言不合，动不动就打架。唉，我女儿也就比你大一点儿，都不太跟我讲话了，什么事情都自己藏着掖着，搞不清楚你们这些小脑袋瓜里都在想什么。"

　　每当她提问时，都是我在代答，阿姨倒也没起疑心，可能觉得南冰和同学起了冲突，现在心情不好。

　　钟勤勤很快就赶了过来，最滑稽的是医生以为她是南冰的家长还把她数落了一通，说她不关心孩子的心理健康和学校生活，让她受欺负了。

　　走出诊所没多远，浑身拧着一股劲儿的钟勤勤终于发作了，她开口："说吧，你要多少钱？"

　　我一听就蒙了，还以为电视里那些暴发户以为用钱能摆平任何事情的剧情都是小学学历的编剧不用心用脚写的，现实中哪儿来的这么多脑子里有屎的人？还真有。

　　"这里有十万，你先拿着。"钟勤勤从包里拿出两捆橡皮筋捆扎着的钱，脸上青筋暴起地用力往南冰手里塞，"你拿着，你拿着，你拿着啊！"她歇斯底里地叫，见到南冰面无表情地双手抱在胸前，她又转而边塞给我边冲她叫，"你想要多少？你开口！"

　　"你觉得我值多少钱？"南冰突然开口了，阴森森地笑着说，"你付不起。"

　　钟勤勤一愣，见到南冰有意讨价还价，精神病人般浮夸的笑容在她那张保养得当却也老态初显的脸上绽放。"你值多少钱？二十万？三十万？五十万？给你一百万！好不好？"见到南冰只是冷笑不出声，她以为她有不满，忙不迭地又摆出居高临下的姿势半是赔笑半是威胁地说，"冰冰，你还是个孩子，可能对钱没概念，不知道一百万能干什么，你知道一个处女值多少钱吗？别以为我不知道你已经和我儿子睡过了，只要你拿了钱，我们就当这一切都没有发生——"

南冰突然扬手把我手中抱着的两捆沉甸甸的钱拍在地上，红色的钞票像是被点着的爆竹般飞散开来。"滚！"她冷酷地说，"叫向叔——你告诉老王八蛋，不想坐牢就赶紧收拾起来，连夜跑路吧。"

"哇——"钟勤勤的号啕随着飘飘起舞的钞票炸开，双膝亦随之落地，她跪在南冰脚边拽着她的衣角哭号，"求你放过我们家！你想要什么都行，你就当为了向海！你想想他以后要怎么面对他爸？怎么面对我们这个家？他要怎么面对你——难道你不是真心喜欢他吗？你能不能为了向海——要么我拿命赔你，只求你饶了向海，别让他知道行不行？我不怕死，我只怕向海被毁了，就因为他爸一时糊涂。以后他在社会上如何立足？他的学业，他的未来，全在你了！"

因为钟勤勤像个疯子般边哭喊边抽打自己的耳光，使得周围路过的人们见到满地纸钞也不敢上前探个究竟，远远绕个路走开或是观望，有的人举着手机在判断是否该报警。

这些胡言乱语让南冰面部的肌肉不住抽搐，终于忍受不了的她一扭身子，抬脚把紧紧缠在自己腰上已经发了狂的钟勤勤一脚踢飞了出去。

"不用你求我，也不需要给钱。"南冰边拉着我朝前走，边放下狠话，"要想我什么也不说，叫老东西今晚去死就行了。"

"我求你……"钟勤勤在淅沥沥的冷雨中跪在地上还在尖叫，在外人看来仿佛受了天大的委屈要把雨水给哭成雪花似的，一声又一声地重复，"想想向海！"

南冰似乎漫无目的地飞快地朝前走着，她步伐快得让我时不时要小跑两步才能追上，雨水哗啦啦地从我耳边冲刷而过，街道的景象风驰电掣般地滑过眼角，我轻唤她的名字："南冰，南冰，我们要去哪儿？我们接下来该怎么办？"

她不应我，只是倾身向前像一列失控的火车。

我跟着她走到雨停走到日落，走到双腿犹如钟摆般惯性划动，就这样一直走到南冰家的小区附近我才如梦初醒，原以为她要带我走去天涯海角。

她口袋里的手机依旧没有停止振动，是向海。她终于停下来接听，以演绎出来的慵懒口吻说："我大姨妈来了，不舒服，就先回家……啊，你上我家找我的时候，我被艾希叫出来看电影……嗯，没听见电话……没事儿，我好多了。"临到通话结束时，她轻轻地笑了，"嗯，傻×，我也爱你。"

她挂了电话后，像是抓起随身物品般拉着我的手，轻轻揉捏着我的手心说："你陪我上楼……"她望着黑洞洞的楼道，"想想怎么和我爸妈解释脸上的伤。"

只是她抬起脚却连第一级台阶也没迈上去，因为身后有个提着菜篮子的老婆婆要上楼，我拉着她闪到一边，索性躲进了楼梯下堆杂物的空间里，空气里顿时充满尘土气味，呛得我打了一个喷嚏，双手惯性地往胸前一拢把南冰按进了怀里。

她的脸压在我的肩窝里像死去般无声无息，被雨水浸湿还未干透的冰凉发丝贴着我的脸颊，而她的皮肤却又像是低烧般温热。

我不认识这样的南冰，怀里这个瑟瑟发抖的她是我从未见过的陌生女孩儿，总是处于被动的我，早已习惯了接受她发号施令，所以这会儿才会手足无措得像是在接受一场拷问般慌了神。

她在哭，我一动也不敢动，直到她垂着的双手抬起来虚弱地环紧了我，手指弯曲地抠着我的后背，想要表现得坚强、可靠，像一座堡垒的我终于绷不住也哭了，动静比她还要大，整个人犯了癫痫般抖得停不下来。

我愿意替南冰受苦，十倍也可以，我甚至不愿意替自己再遭受一次曾经的磨难，即使是妈妈的苦难，那我也会有数分钟的犹疑要不要代为承受，因为在这世上我最心疼的就是自己，可是这一时刻这一分钟，我的每一个细胞都在朝圣般乞求替南冰承受这一次劫难。

她是我一场浑然天成的梦，是我种在孤单星球上最美的花，是我甘愿一步三叩首也要去看的奇境，她应该是、必须是绝美无瑕的。她的嘴角只适合不屑冷笑，而不是凄惨哽咽，她的眼睛只会闪烁利刃锋芒，而不是饱含泪水。

她这一生都应该是桀骜不驯、目空一切的，她是住在皇宫里不识人间疾苦的女王，天真得残酷、高傲得冷漠，俗人的脏手连她脚下的地毯也不配碰触，若是有逆反的民兵踏破城门，无尽溺爱她的臣子、守卫会以血肉之躯形成她的壁垒，哪怕是尘土飞扬，也落不到她手中的茶杯里——她这一生都应该是一尘不染的。

"对不起，南冰，对不起……"我哭着说。

——对不起，我不能替你受罪。

"对不起……"

——对不起，我不能阻止这一切发生。

"对不起……"

——对不起，我不能杀了那个畜生。

"对不起。"

——如果我是能主宰命运的神，你这一生明明应该是无忧无虑的。

- 04 -

"你对不起谁？"丁兆冬的声音穿透了那个昏暗而狭窄的楼梯间，我茫然地回过头只见到他从白花花的光里走来，神色竟然和我所熟悉的南冰奇妙地重叠了。他扬起眉毛，嘴角斜斜一挑，西装革履的他却像个英姿飒爽的少年："我吗？"

因为感觉到有人在轻拍我的脸，这才迷迷糊糊地醒过来，发现自己竟然枕在丁兆冬肩上睡了不知多久。

"我——"看着他昂贵的西装，我捂着嘴问，"流口水了吗？"说罢，动手拍了拍他的肩膀。

"你一直在说对不起。"丁兆冬背后是飞速掠过的桦树林，他似笑非笑地盯着我说，"说来听听，也许我可以原谅你。"

"反正没做对不起你的事儿。"我的白眼翻到中途急忙刹住，因为他说过不好看。

昨天晚上终于把《云踪瑰迹》的全稿修完了，没睡两小时就出门陪丁兆冬"见客户"。虽然我已习惯了各种各样的场合但并不觉得自己的存在是有必要的，可是谁叫他是主子呢？让我干吗就得干，哪怕一句话不说在门口站三小时也得干，当然他不会让我站着，有时在不太严肃的场合甚至让我坐在他大腿上——我当然是拒绝的——所以若不是困得失去知觉，我是绝不会枕在他肩上睡觉的。

距离车展闹剧过去也有一段时日了，我却频频梦见高中时的南冰——而我的表现依旧那么无力——即使只是在梦里也什么都改变不了，就如同我面对艾曲生的种种莫须有指责，现实中碍于父女身份选择隐忍也就罢了，在梦中竟连条理清晰地驳倒他也做不到。

潜意识似乎在嘲讽我，这么多年过去了，自己并没有多少成长。

"下午没有什么事情要办了，你饿不饿？"丁兆冬的手摸了摸我裸露在裙子外冰凉的腿，看一眼坐在副驾驶座的江子芸说，"温度太低了。"

江子芸边调整车内空调边通过后视镜怨念深重地瞪我一眼后，对丁兆冬说："要预约餐厅吗？"

我倒是不觉得饿，今天是江子芸全程负责谈判，丁兆冬就坐在桌子后面喝茶，我也灌了个水饱。

兢兢业业地双手握着方向盘的陈叔问："上二环还是三环？"

"你有想去的地方吗？"丁兆冬问我。

"还真有。"我说，"只是不太适合你。"

- 05 -

当车开进昌平一片旧楼密集的小区时，我忍不住再三确认："你可以吗？不好吧？要不我就在这里下车好了，你和江姐、陈叔去找个好餐厅吃饭吧。"

"丁总，这一带确实有些不太卫生……"江子芸担忧地转过脸来，边打开包边问，"你要口罩吗？"

丁兆冬面无表情地看着车窗外仿佛20世纪80年代再现般寥落的景象，突然意味深长地自言自语："真怀念。"江子芸已经把独立包装的口罩掏了出来递到他面前，他突然笑了，有些孩子气地摇了摇头说："没那么作，难不成你也忘了？我又不是生来的有钱人。"

江子芸亦露出心有灵犀的笑容，收回了手的同时感慨地叹道："太久了。"

看到他俩老相好般相视一笑的瞬间我有些莫名难受，像是心里的一口浴缸没插好塞子，这满池子的水要淌不淌地打着旋儿。

"那就好。"我斜倚在丁兆冬胳膊上捏着嗓子说话，"我妈要是见到你，肯定特别高兴……"下一秒，又为自己许雯雯附体般装嗲的举止感到羞愧地坐直了身子。

倒是真有些时候没来看妈妈了，在一周一次的电话里她总说很好都很好，店里生意红火也没遇到不讲理的客人，我也觉得似乎没什么值得操心的，毕竟已经替她排除万难将一切都安排妥当，忘了还有个不稳定因素就是她和艾曲生还没有正式离婚。

店里的冷清让我觉得奇怪，按理说现在是饭点儿应该人满为患才对。坐在靠墙桌的妈妈抬眼看见我，先是惊喜后是慌张的神色出卖了藏不住心事的她。

面对我的质疑，她轻描淡写地说："这一带都是住户，总不能每天都不在家里开火呀。"紧接着立刻越过我的视线，对江子芸熟络地招呼道，"呀，芸芸，你来啦！"

芸芸？这也叫得太亲热了吧！我很不自在地扭过脸去奇怪地看着江

子芸，她也怪不自然地捋了捋衣角，看着白墙向我解释道："我来吃过几次饭，反正路过也是路过，顺道看看阿姨店里是不是还顺利。既然是丁总交代我办的事儿，我就要办得十全十美。"

"哈？"我摸不着头脑了。

"你芸芸姐可好了，办事麻利脑子清楚，帮了我不少忙，比你能干多了，你要有人家一半能干也好啊。"妈妈像仓鼠靠近猫般小碎步地贴近比自己高大半头的江子芸，亲热地抬手拍了拍她的肩膀对我说，"她最爱吃我做的炸酱面，当然她也不挑食，不像你啊——"

江子芸忙打断她，认真地说："不是，其实我也挑食，主要还是您做的菜太好吃了。"

这哪里是吃了几次饭的关系？我看着不善交际的妈妈与江子芸之间如此自然和谐的互动，简直要怀疑江子芸已经在这家面店里住上大半年了！

"来了啊，真稀奇，今儿个和艾希一块儿来的？"周拓从厨房里走出来，边用抹布揩拭双手边笑着招呼，"也不提前打个招呼，我们好准备些好菜啊。"

江子芸完全不拿自己当外人似的看了一眼我妈说："可能今天还真得劳烦你们做点儿好菜。"然后转身看向门外。

丁兆冬不知道是不是见了这破落门面当即反悔了，半晌也不从车里下来。为了从外人那儿夺回亲妈的关注，我挽起她的手边朝外走边邀功般兴奋地说："猜猜还有谁来了？"

透过车窗见到我们走过来，丁兆冬大人终于舍得出来了，他整了整袖口，又松了松领口，仿佛领导阅兵般大步走过来，清了清嗓子后冲我妈妈伸出手说："您好。"

像他这般容貌和身型的男人，我妈只在电视里见过，如今出现在她散发着葱姜蒜味儿的店面前，这种鲸鱼竟在天上飞的违和感使她一愣，紧张得也不敢去握对方的手，搓着可能刚择过菜叶还残留着泥巴的双手，小心地附在我耳边问："他是你的领导吗？"

"丁老板，这是我妈妈。"我对丁兆冬介绍完，扭脸对妈妈说，"妈妈，这是……"

丁兆冬的手还悬在空中，他打断了我，态度正经得堪比宣誓的少先队员般一个字眼儿一个字眼儿地抠着说："阿姨，我是艾希的男朋友。"

"就是你！"妈妈激动地捂着嘴，"你就是丁兆冬？"继而又转向我说，"天，原来他这么高？是不是明星？好看得不像个真人。这么一表人才，怎么会……"——是，是，怎么会看上我？我淡定地直视她，也懒得辩驳，毕竟我和丁兆冬无论从硬件、软件比较确实是实力悬殊。

丁兆冬的手还孤独地举着，但他已经被我妈为了抬高他而贬低我的言下之意夸得脚不着地了，得意地眯起眼瞟向我，而我以"呵呵"的假笑回应。

妈妈终于伸出双手去抓丁兆冬的手了，却是握着他的小臂，双手一路顺藤摸瓜般往上轻拍直拍到他结实的胸口，犹如农妇拍着鼓囊囊的农作物袋子般欣喜若狂：今年真是好收成啊！"我可见到你了，真的谢谢你，谢谢你照顾艾希，还要谢谢你很多很多事儿，谢谢！"一连串的"谢谢"后，她转身冲周拓道，"周师傅，快快，把冰箱里的鲑鱼拿出来化冻！"

娇小如麻雀的妈妈蹦跳着一手推着我们进门，一手冲车里的陈剑川打招呼："司机师傅，您也快进来，不能喝酒吧，那喝点儿什么好啊？

凉的都有。"

看我妈欢乐得跟上个世纪的小朋友过春节似的，我后悔没早点儿把丁兆冬拐骗过来，因为没想到他对见长辈这事儿不抗拒还这么能装乖，真应该再要求他抱个小婴儿在怀里，那我这个轻飘飘的妈见了真能顺着风飞得比天坛公园里最高的风筝还要高，虽然不一定是高兴，也可能是吓的。

我们把两张桌子拼在一起才搁下妈妈做的菜，她每炒一道都要在厨房和餐桌前穿梭着询问——"有没有忌口？""这猪肉是爱吃润口的还是柴的？""能吃辣吗？"——我怀疑她做完饭也就等于跑完了全程马拉松。"哎你们别等我啊，先吃！"她话虽然这么说，但我们都喝着水边看电视边等她和帮忙打下手的周拓一块儿吃饭。

由于烟熏火燎而发黄的墙面，上面贴着啤酒和凉茶的海报，被酱油渗透的木桌上放着一个廉价的塑料纸巾筒，椅子因为四条腿不太匀称而有些摇晃——在这般我习以为常的环境中……

一身西装足够买下半拉铺面的丁兆冬坐在身边，他那只握着钢笔就是万宝龙广告的右手拿着一次性筷子，腕上的手表能换一辆跑车的左手端着便宜的白色瓷碗，应该踏在法国餐厅地毯上的锃亮皮鞋这会儿踩在了泛着油光的瓷砖地板上。

他不挑不拣地夹起一筷子青椒和肉丝放进嘴里嚼了嚼后满意地哼了一声，接着又夹了一筷子，同时扒一口米饭，额前梳得一丝不苟的刘海因为面部的颤动而垂下来——眼前的画面就是在梦里我也不曾见过——他若无其事的样子像极了每天到了饭点儿就老实地回家，已经有些吃腻了妈妈手艺的儿子，这一刻他是个在读高中的普通学生，也是个刚入职的中庸上班族，偏偏不是我认识的丁兆冬。

"爱吃什么自己夹啊，我就不替你们夹了，都是家里人。"妈妈的视线在桌上乱窜，似乎不知道该停在哪个人身上好，当然她最关注的还是丁兆冬，"吃得惯吗？你喜欢吃饭还是面？今天菜做多了，就没做面。"

"好吃，都挺好的。"丁兆冬也没客气，嘴里鼓鼓囊囊地点了点头，筷子又伸出去夹了一块家常豆腐说，"这豆腐做得比艾希做的好吃……"

我插嘴说："那你也没剩下啊。"

"我这是先煎过两面，然后再烧一遍，她呀就是懒得多那一道手。"妈妈的鱼尾纹笑得更深了。

"阿姨做的炸酱面才是一绝，你真该尝尝。"江子芸对丁兆冬说。

"好，好。"丁兆冬又在点头。他今天像个全北京最乖的小孩，似乎你和他要一百万，他也会边点头边答应。

我看着他想，假如他父母还在世上，那他一定就是这个样子的，眼角眉梢、唇齿下颚都还是丁总裁那副棱角分明的冷峻模样，可是又微妙地从肩膀和关节处透出不一样的柔软——那不一样的气质是岁月安然——这个平凡的丁兆冬吃着菜市场十六块一斤的猪肉，在餐桌上不太爱说话，而他的妈妈喜欢絮叨，对儿子的日常琐事有着出于爱意的指手画脚，他的爸爸会漫不经心地插两句嘴关心一下儿子的学习或工作，一家三口住在面积刚够好好生活的三室两厅里，是全中国任何一座城市里最寻常的家庭。

虽然我们这一桌人的动静不小，又是说话又是笑，又是碗筷碰撞又是桌椅挪动，室内的气氛却宁静而祥和，纯粹得像是三百六十五天里的任何一天。

　　直到店外突然响起嘈杂的人声，而妈妈露出并不意外却又恐慌的难堪表情。

他是我爸爸，即使他指着我的鼻子骂我是妓女，也不能让我忘记他曾经疼过我。

第九章
chapter - 09

- 01 -

假如人可以选择自己投胎的国家、城市，甚至父母，也许全世界也没几个人会仍旧选择自己现在的家庭——又或许我并不了解其实像我这般贪婪的人，真的是少数——因为有那么多人目光灼灼地宣称："我爱我的父母，下辈子我也要做他们的孩子。"

而我总是以恶意揣测他们能说出这么一番冠冕堂皇的话来，不过是别无选择的城府，毕竟诚实又有什么用呢？即使说了"父母要是能选的话，我还是想要更优秀更有钱的精英来抚养我长大"这样冷酷的话，这辈子也不会像游戏一样读档重来。

假如在投胎前知道自己的爸爸是艾曲生这样一个偏执而独断专横、大男子主义严重又极端厌女的男人，那我宁可再等上二十年，即使知道自己的妈妈会爱女如生命，可是给我看过林殊的人生档案，知道她的无力与脆弱会给做女儿的带来多少牵制与考验——恕我自私——这样的父母，我真的不想要。

在风云变幻又艰难万阻的当今社会，父母不能领你赢在起跑线也就罢了，还要拖你后腿才更是造孽。

可那都是假如。

我偏偏就是艾曲生和林殊的女儿。

况且我作为一个人，是有情感的，可以做出理智选择的前提是假设我还是个记忆空白的婴儿，既然已经身为他们的女儿二十年，艾曲生和林殊这两个名字对于我来说便远远区别于报纸电视上的任何一个名字，说是如同我的鲜血器官般关乎生死的重要存在也毫不为过。

当真要我重新选，可能我还是会犹豫，再一次成为艾曲生和林殊的女儿。

因为我对曾经施恩于自己的人总是记吃不记打，艾曲生曾经给过我一颗糖，然后再给我一鞭子，我哭着跑远，等疼痛渐缓之后，我还是会想起那颗糖的甜，又傻乎乎地往回走。

他是我爸爸，即使他指着我的鼻子骂我是妓女，也不能让我忘记他曾经疼过我。

在我小学二年级的盛夏傍晚，爸爸在那一天破天荒地没有带上艾铭臣而是领着我外出去买汽水，太兴奋的我一个劲儿地往前跑，竟撞上了不怀好意的陌生人。

对方是比爸爸要年长不少但是虎背熊腰的老男人，当时光线昏暗，他没料到我还有个爸爸远远地在后面跟着，胆大妄为地牵着我的手就往小路上拽。

"你他妈干什么！"爸爸的暴喝像是炸雷，从来没见过他跑那么快，从模糊的影子直到"噌"的一声清晰地落到了眼前似乎是不足半秒之内的事儿。

文弱的爸爸完全无视了大叔慌张的辩解，捏紧了拳头边大声咒骂边凶狠地砸过去，体形差距明显的他仿佛拳王附体般打得对手落荒而逃。

并不明白发生了什么的我只是出于本能地感到恐惧和羞愧，似乎是我做错了什么才惹得爸爸表现出前所未有的狂怒和暴力，还以为他要骂我，结果他这一晚上竟紧紧把我抱在怀里，在喘着粗气发抖的同时又刻意装出什么也没发生的轻松态度。"没事儿，没事儿。"他温柔地说，"以后走路别跑了，摔着怎么办？爸爸看不见你怎么办？艾希，别离爸爸太远。"

因为他给过我糖……

无论他给过我多少鞭子多少痛苦……

我总是会忍不住幻想，也许我尝试着改变对他的态度，也许我更掏心掏肺地与他交流，他也是会变的，他也是可以通情达理的，甚至于像爱弟弟那样地爱我。

毕竟他曾经那么害怕我会消失不见，毕竟他也是一个会温柔地对女儿说"别离爸爸太远"的爸爸。

- 02 -

当仅有车流人声快速掠过的店外突然有人聚众时，妈妈首先从座位上弹了起来，她故作淡定地冲我们说："你们继续吃着，我去外边看看有什么事。"她边起身边朝同时站起来的周拓使了个眼色，俩人匆匆走了出去。

我感觉这事儿不简单便站起来跟了上去，丁兆冬倒是不用我吩咐也依旧雷打不动地坐在椅子上，那架势仿佛就算有台风地震也影响不了他把这一顿饭吃完。

正站在人行道上冲来往路人瞎嚷嚷着的人是爸爸。

好久没见到他了，偶尔要回家取些东西，我都会刻意算好了他在学校教课的时间，趁屋里没人时回去，往轻了说是为了避免尴尬，往重了说是能避免一场血战。

倒是撞见过艾铭臣，大白天的应该在上课的他戴着耳机在打网游。因为他是个逃课惯犯，所以我也不惊讶，就窸窸窣窣地在他身后倒腾着、来回穿梭着，而他看也不看一眼，这进门的要是个贼真能优哉游哉地把整个家搬空了，虽然没什么值钱的东西，最贵的也就是艾铭臣正对着的那台电脑，也有些年头了。

毕竟是亲姐弟，真要我全程无视他还是有点儿于心不忍的，所以进门时总会道一声"我来了"，而临出门时总会大声道一句"走了"。

他从来不回应——罢了，我就讨个问心无愧。

可能在艾铭臣心里我这个姐姐已经死了，和妈妈一起死了。

"您看看，耽误您一分钟，您看看。"艾曲生手里拿着一沓传单往每一个路人手里塞，嘴中振振有词地吆喝着，"黑心面店老板娘，抛家弃子偷汉子，潘金莲再世！第三者缺乏母爱，破坏中老年家庭，道德沦丧！"那间隔有序的语速和抑扬顿挫的底气说明他对这套台词已经熟悉到能倒背如流。

有些闲得无聊的人索性停下来，站在艾曲生身边听瞎话；有些人拿着单子边走边随便看了两眼，抬头看见我妈的脸又低头看一眼手上的 A4 纸，然后露出轻蔑的笑容与身边人耳语；有些人看也不看就随手扔了，觉得影响不好的我尾随其后一张张捡起来，毕竟不用看也知道上面是什么内容。

白底黑字的顶头印着我妈的免冠正面照，不去看那些精心编写的血泪控诉，我真以为这是一张寻人启事，匆匆一瞥反正全是那些添油加醋的老生常谈，目的就是闹到街坊邻居都知道我妈不是好人，让她做不成生意。最让我恶心的是其中大喇喇地公布了林殊的名字和身份证件号，这是只有重大犯罪嫌疑人的通缉令才配得上的待遇。

眼看着艾曲生朝这边走过来，妈妈一反过去对他听之任之的态度，很强硬地上前张开双手拦住去路——她心里想什么我是知道的——她怕在丁兆冬面前给我丢脸。

尽可能地压低了声音的妈妈生气地说："你闹够了没有？堂堂一个教书育人的老师，天天跑过来给陌生人讲家里的隐私，你不嫌丢人吗？要是给你的学生知道了，你脸上不烧得慌吗？"

"你都不嫌偷汉子丢人，我怎么好意思觉得丢人呢？"艾曲生竟为自己吸引了路人的驻足而有些得意扬扬，那音量高得就跟宣布自己的儿子收到北大的通知书似的，"作为一个还有伦理道德的人，我就有义务警告一下你的客人，他们进的店是什么样的荡妇开的！他们吃的面又是什么样的小白脸煮的！他们在这样一家店里消费就是支持男盗女娼，是世风日下。"

周拓气得咬牙切齿却也只是攥紧了拳头，沉默不语地站在我妈身边。我理解他痛苦而复杂的立场，拆散别人家庭的他毕竟在世人眼里罪孽深重，更何况他现在和林殊还不是法定夫妻的关系。

身为艾曲生和林殊的女儿，我的介入就是理所当然了，甚至可以说对这个烂摊子的继承权无法推脱。"那你是想怎么样？从此以后就不上班了，天天住在我妈店外面搞活动，她是赚不到钱了，你又能捞到什么好处？"我冲上去横在母亲身前，尽力使自己看起来像一个能徒手拆飞机的泼妇，"你还是个老师呢，怎么会以为法律管不着你？就你这骚扰行为，我们上法院一告一个准，妨碍营业罪知道吗？你闹，你随便闹，闹多少天，我妈亏损多少，连本带利叫你赔！"

没料想许久没见的女儿会突然兵从天降，艾曲生指着我大喝一声"好哇！"后顿住了数秒似在组织语言，"叛徒！"他总算是找到了一个词儿，"陪着外人联合你妈欺负你爸，你还有脸了？不想想你身上流着谁的血？你长这么大花的是谁的钱？"说着，他一把推开我就往前跑，去拽住一个似乎有意走进面店的人叫嚷，"哎哎，您可千万别进去消费，这是一家黑店啊，是潘金莲和西门庆开的店……"

"你够了！"我追上去，因为怒火攻心而奋力地推了他一把，"一日夫妻百日恩，你也算是个人，难道没有感情吗？"

"你对我动手？你竟然对我动手？"老戏骨艾曲生情绪上来了，一根手指头跟枪眼似的指着我，声嘶力竭地吼出来时浑身都在颤，"真的长能耐了，你野了翅膀硬了，吸干了我的血以后不认识自己的爸爸了，敢动手打老子了，你是不是要杀了我才算完啊？动手，今天就在这里当着所有人的面动手，看看到底是谁没有良心，谁不是人！"

我环视周遭一圈，数十个陌生人都在看着艾曲生，这些围观群众里有老人、有情侣，还有半大小孩儿，他们脸上的表情是事不关己的和蔼笑容，像是在看着一个哗众取宠的精神病人。

我再看向一会儿指着我，一会儿指着天的爸爸，他的怒骂声一会儿嗡嗡，一会儿隆隆，像是盛夏的高速公路上的车流声，也像是深冬的工地上源源不绝的噪音——我突然觉得他好可悲——无论是扭曲的面部肌肉和哆嗦出口水的嘴角，还是两鬓夹杂着的几根白发和枯瘦得快凭空折断的手臂，他身上的每一寸都好可悲。

"爸爸，别闹了。"我几乎是叹息着说，"你究竟想要什么？能不能我们都冷静下来，像个成年人一样理智地好好说话？"

起风了，艾曲生手里的厚厚一摞传单边角被翻动得发出引擎启动般的声响，他仿佛乘着小型飞机般被迎面而来的风将额前的碎刘海掀了起来，疲态尽显的眉眼犹似干涸的土地般暴露了出来。

也许是叫得累了，狂躁的他此时被打了一针镇定剂般突然安静下来，以嘶哑的嗓音对我说："我就是想要你跟你妈回家来，我们的家还是原来的家。"

我被风封了口，肚子里被搅得百味杂陈，说不出话来。

妈妈走过来，伸长了右臂圈住我的左半边身体，以手掌轻轻摩挲着我的胳膊，似在儿时的某个夏天午睡间轻轻为我摇着蒲扇。

曾经懦弱、踌躇得如同一个青少年的她已经完成了一次迟到的成长，变得勇敢而冷静："在经历了这么多事情之后，我和你已经没什么话好说，那个家也早已经散了，原本也不是一个多好的家。"她的手停止了抚摩的动作，微微用力捏着我的手臂，对二十年的夫妻关系做出了最后判决，

"虽然我和你之间是没有爱情的，可是我们在一起也不全是坏事，艾希和艾铭臣就是这场糊涂婚姻给我的最好的礼物……艾老师，希望你看在我们这么多年的夫妻情分，不要再胡搅蛮缠了，让我们好聚好散，尽快把离婚手续办了吧。"

好不容易中场休息的艾曲生是一根涂了油的木材，随便两句话就能擦枪走火炸开来，他指着我妈又指着我恨不能把我俩乱枪扫死。"你、你们娘俩是想逼死我和臣臣吗？你不拿我当你丈夫了，你不拿我当你爸爸了，我一把年纪也是半截身子在土里的人了，你们巴不得我死，我也没想活多久！可是……"他撕心裂肺地拉扯着自己的衣领，仿佛上不来气般地猛拍自己的胸口，"臣臣难道不是无辜的吗？你还当他是你儿子吗？"他冲我妈咆哮完了又冲着我，"他可是你亲弟弟！"

妈妈被逼到脱口而出："上回不是让你拿走两万了吗？"——原来就是为了钱——我竟然会有一时半刻没领会亲爸话里的精神，还以为他真的寂寞了。

他不服气地说："你打发要饭的呢？明明知道儿子要读大学了！你都开店了，哪天不挣个万把块的？你就对你儿子抠？光是心疼女儿了？没见过你这样当妈的。"

"你想得太美了，我妈开的是面店不是夜总会，一碗面才十块钱，还要天天被你闹得没客人，哪里挣得到钱？"提到读大学，我的怒火蹿了上来，"我都被你强制退学了，省下的钱不都是给艾铭臣的？你怎么还有理有脸来要钱？"

"装穷是吗？店都开起来了还说没钱，你们是吃香喝辣了，不管亲人死活？"艾曲生又开始犯浑，不直面我的问题而是绕开来撒泼，"说到底你们哪里来的钱？钱来得这么容易，还不是你们母女做鸡挣来的！

姓周的就是鸡公！大家都看好了！"灼灼烈日下，他仿佛被聚光灯照射的舞台剧主角般冲周围人转了个圈大叫，"这就是一妓院！便宜！十块钱！买一赠一。"

在场的人当然不会相信他的风言风语，只是他们津津有味的眼神如同刺眼的远程激光般在我面部集中摇晃，晃得我一阵晕眩，好在往后趔趄一步时被熟悉的坚硬而宽阔的胸膛接住了后背。

"话不能乱说，你已经构成了诽谤罪。"丁兆冬居高临下地对艾曲生说，"钱是我给的，艾希是我的女人，她的事情都归我管。"

- 03 -

以前我老觉得自己是被压迫的奴隶，今天却觉得自己是一位恃宠而骄的贵族千金，而丁兆冬就是劳民敛财的领主，因为天性冷漠的他并不懂得怎么表达爱，所以才只会拿大把大把的钱来解决我这个女儿的所有烦忧。

我当然不会抱怨，因为我这个女儿也有遗传基因，物以类聚，才不需要泛泛而谈的爱，钱就是我的底气。

现在我坐在车里还忍不住抿嘴憋笑，时不时偷偷瞟一眼丁兆冬的侧面，终于忍不住动手戳了戳他的胳膊，真诚地说："谢谢！"

"没诚意。"他懒洋洋地瞥我一眼，下半张脸却藏不住坏笑。

"回去再说。"我挤眉弄眼地指一指前座，示意江子芸和陈叔还在场呢。

他明知故问："回哪儿去？"

"回你那儿去。"

他伸长胳膊把我圈进怀里说："是我们那儿。"

我顺从得像一只被他养大的猫，甚至忍不住以头顶蹭了蹭他的下巴——心里太静了，像一片风平如镜的湖泊。

就冲他一再为我们母女解围的恩情，无论他是出于什么目的，是举手之劳也好或是为了更变本加厉地约束我也罢，只是冲他能为我排忧解难的雄厚财力，我就愿意今后都任他处置。

艾曲生也许是迫于眼前这个男人强大的气压或是高大的体格，满嘴的风言风语竟也消停了一会儿，像个临考前画重点的老师一般，抬手梳了梳刘海以不耐烦的语气说道："我不知道你是谁，但这是我们艾家的家事，轮不到你一个外人插嘴——"

丁兆冬直截了当地问："你的目的是钱，说说看，要多少你才愿意和你老婆离婚？"

一听这话，我立刻背过手去扯了扯他的衣角，示意他别掺和这事儿，没必要平白无故地乱花钱，他却抓住了我的手，用掌心捏紧了握了握又松开，像是在说"无所谓"。

我原本满脑子都在胡思乱想——对于艾曲生的满嘴胡言，他听见了多少？对于我这个糟心的家，他会怎么想？会看不起我？同情我？什么都暴露了，像是一觉醒来发现自己赤身裸体地站在大街上，丢脸又慌乱，还自作自受，怨不得任何人。

因为他"无所谓"的态度，我突然不觉得那么难堪了。

"你给我？你很有钱吗？"艾曲生狐疑地上下打量丁兆冬，接着昂首挑衅道，"我要十万，你给得起吗？"

"呵。"也许没料到对方的胃口竟然这么小，丁兆冬发出了冷笑，"再加十万，买断你和艾希的父女关系，从此以后别再来烦她。"

惊愕、震撼之后是喜笑颜开，紧接着又是犹豫、懊悔和恼羞成怒，艾曲生千变万化的内心戏在那一刹那完全写在了脸上，这一系列的表情足够让他秒杀一切影帝捧回十座奥斯卡奖杯，也足够让我回味到老年痴呆了记不住事儿为止。

这是我人生无数次与艾曲生的交锋中，第一次彻底地将他碾轧，叫他哑口无言、束手无策，甚至倍感屈辱——虽然不得不承认，我不过是躲在丁兆冬身后狐假虎威而已，要不是有他在，我依旧是那个惨遭羞辱、无力还击的废物。

可是再没用的我现在也有人管了，就算这个人只是拿我当他的所有物，就像他不允许任何人踢他养的狗，不允许任何人鞭打他的奴仆——无论他拿我当什么——好歹没人敢随便欺负我了。

- 04 -

我看着丁兆冬堪比锦绣山河的俊美侧脸，自从下了车告别江子芸和陈叔后，我就一直在盯着他想，没有爱上他也不知道是幸还是不幸？也许是幸吧，一旦不涉及真情实意，我就不会去在乎自己在他心里的位置，只要没心没肺地甚至臭不要脸地享受他带来的便利就好。

"看出什么来没有？"进了电梯后，他突然低下头问，"终于发现我特别好看了。"

"说实话，你确实算得上蛮好看的。"我认真地说，"尤其是当你炫富的时候。"

"你越来越贵了。"他似有不满地皱起眉头。

"客人。"我挑逗地回以一个微笑,"你要不觉得我值这个价,就别花。"

他侧过身来抬起一只手撑在我耳后的墙面,呼吸贴在我的鼻尖上,像是警告般压低了声音说:"别太自信了,一旦我发现不值得,就退货。"

"你肯定舍不得……"我朝他的嘴唇凑上去,他惯性地弯腰欲吻,我旋即轻巧地躲开笑了,"因为你习惯了。"

被捉弄的他愠怒地说:"傻,太熟了,会腻的。"

"没人会想要每一天都看说明书尝鲜,昂贵的家电只要没坏就不会扔。"

"哦,我想试试,弄坏你。"

我双手圈上他的脖子说:"我很瓷实的,毕竟贵啊。"

他吻过来,双手捧着我的脸,一路滑向脖子、肩膀、后背、腰,像是在演奏一首已经练习过上百遍般驾轻就熟的蓝调,最后曲风一转,粗鲁地托着我的屁股一把抱了起来。也许是太轻而易举了,他经常在接吻时随手把我抱起来,动作像是弯腰捡起一个娃娃,抬手拿起一个杯子——若是摔了,便买个新的——那般毫不在意。

由于船长不管不顾地胡乱操作,坐在这艘大船上的我在船身剧烈摇摆中,为了自保也只好双腿仿若饥渴地勾紧了他的腰部,还要假装聚精会神地回应他的吻。好在他从来没有摔过我,所以这一次我们也既激烈又安全地一路吻着走出电梯,走进家门,走过玄关,来到客厅——这要是打仗,我觉着我们走过的地儿该寸草不生了。

丁兆冬毫无征兆地一转身坐在了沙发上,我像是坐在高空坠落的游乐设施里般猛地落下来,结实地摔在他的大腿上,禁不住一瞬间脱离了他的唇舌发出轻呼，却不待半秒又被他追上来。

屋里没开灯，只有阴凉的月色从窗外洒进来，丁兆冬的眼睛里蓝盈盈的似有水波轻漾，在喘气的间隙里，他以眼神抚摩着我的脸，让我感觉自己潮乎乎的，像是刚从水面浮起来。

在和他相处的过程中，我最喜欢在亲热时这般仅仅持续不过数秒的沉默对视，因为这时候的他褪去了一身西装和社会地位，不再那么不可一世，神情纯粹而干净得像个小孩儿，叫我忍不住怜爱地用手指梳理他凌乱的刘海。

可是他很快就会以闭目养神或贴近亲吻的方式躲开我的凝视——像是从美梦中惊醒般遗憾也像是从海啸中逃生般惶惶——我看得出来，他不愿意与我之间建立过分的羁绊。

他不是孩子了，没有哪个成年人会想要依恋自己用来打发时间的玩具，我理解。

我们蜷缩着拥抱在一起，如同在幽蓝光影中航行在风平浪静的夜海，他轻轻拍着我，动作平稳而有序，像是哄孩子睡觉的催眠曲，节拍轻轻而悠悠的，温柔得如同不吃人的野兽、爱栽花的杀手那般微微伤感的成人童话。

我的手脚都像泡在温泉里一般，整个人都漂浮了起来，有点儿安逸也有点儿越飘越远的空虚感。我不知道自己眼里为什么会有泪，发出如叹气般的声音。

他以唇摩挲着我的脸，轻吻我的眼皮，轻轻摇晃着我问："你爱上我了？"

双手无力地搭在他的肩上，我以鼻音轻哼着发问："你要听真话还是假话？"

"假话。"

"我爱上你了。"

"好极了。再说一次。"

我说："我爱上你了。"

"再说一次。"他的嗓音变得湿润，像是雷雨打在木质的屋顶上，噼噼啪啪的，听起来又像是壁炉里的火焰。

"嗯……我，爱上你了。"我的呼吸在他的影响下变得支离破碎。

风雨再来推醒了浅眠的海浪，一卷又一卷、一帘又一帘，一浪高过一浪，震颤、汹涌，我死死抱紧船身，随着波涛上下起伏，被抛向了半空，又被拽入了深海，在吞噬万物的海啸过后，海面重归静谧，月下的一切都不见踪迹。

- 05 -

醒来时已经天亮了，我还睡在毛茸茸的地毯上，只是身上多了条被子，怀里还抱着个枕头，丁兆冬赤裸着上身坐在晨光里，双腿盘着将一本速写本放在膝盖上，正低头画画——看他时不时抬眼看我，想假装不知道也不行——"真浪漫。"我翻个身，迷迷糊糊地嘀咕。

可能是没画完，所以他伸长手像摆弄一只猫一样把我又翻了过来。

"不要画了，丑。"我一手捂脸，挡住乱糟糟的刘海，另一只手偷偷揩了揩眼角看有没有眼屎。

"不丑。"他把本子转过来给我看，叫我瞬间惊醒了，伸手夺过来定睛一看后笑出了声——那并不算是一幅素描，而是日本少女漫画那样尖脸长睫毛的美少女卡通画。

"我小时候想成为漫画家。"丁兆冬边把我的头发揉得更乱边说,"现在不画了,手生,以前还给杂志投稿,发表过一幅彩稿。"

"你这是故意制造反差萌吗?"我笑得停不下来却不是取笑,而是觉得这种违和感真的很可爱,"以你的形象就算要画也应该画《北斗神拳》那种风格吧?"

"你还看《北斗神拳》?"他也笑了,"我还以为你只看《哆啦A梦》。"

"我什么都看,小时候没朋友,只好看书了。"我又翻了翻他的速写本,里面有各种各样的人物、动物和机械的涂鸦,"其实你画得挺好的,为什么没继续画?"

"只是好而已。"他把本子拿回去说,"画画还是讲灵气的。"

"我来做早饭吧。"我抱着被子裹住身体站起来问,"你想吃什么?"

他突然把我卷成一条大虫子般抱起来,仰头亲了亲我的下巴说:"昨晚吃太饱了,还没消化。"

"别闹,放我下来,等穿好衣服给你煎培根和鸡蛋,吃面?你先去刷牙。"我挤出一只手挡着嘴说,"我也要刷。"

他边抱着我往厨房走,边说:"穿什么衣服,就这么做好了,不能只照顾我的胃,眼睛也想吃。"

我绷直了脚尖想要够地面,却只能徒劳地扭动:"饶了我吧,大爷,就奴家这点儿料,您眼睛怕是要吐的。"无论和他在一起多久,我也没脸光着在屋里走动,身体再少妇,我内心的少女也还没死。

"别这么谦虚。"他故作沉思了一会儿说,"吐是不会,最多打嗝。"

我蠕动着脚冲他的小腿骨狠狠一踹,他闷哼一声"小东西"却不撒手,伸长了脖子故意要亲我嘴。我怕自己有口气忙不迭地躲成了一个下腰的蠢姿势,惹得这一米八的铁塔发出大笑。

正闹着，门开了，我吓得一激灵，可能丁兆冬也很惊讶，所以把我放了下来。据我所知有这屋子门卡的只有江子芸，但她只会在得到指示时进来取文件或是照看房子。

进来的人竟然是禾仁康！

！！！

我心里的惊叹号炸成了一支排山倒海的军队。

虽然我立即躲在了丁兆冬的身后，但他应该还是看清楚了，所以一瞬间的惊诧过后，他脸上的表情很是迷茫："啊，对不起，我不知道，啊，这个。"他把手里一幅用牛皮纸包好的画倚墙放下，语无伦次地对丁兆冬说，"这个，是之前就说好要给你的，但是一直没见面，所以我就想……啊，总之，对不起，真的，我走了。"他转身后又回了一次头，视线不知道是落在谁身上，边带上门边从逐渐缩窄的缝隙里说，"那我走了。"

"康儿。"丁兆冬突然走上去拉住门，低声叮嘱了一句"记得吃药"，我见到那个漆黑蓬乱的头顶轻轻点了点，他才把门关上，背影看起来心事重重。

我感觉不太好，像是吞了一大片塑料，整个胸腔都被封死了。

我像一个饥渴的变态、有瘾的罪犯，可是求而不得的巨大悲伤像轰隆搅动的飓风，撕拉着我与他之间的距离，亦真亦幻、跋山涉水。

第十章
chapter - 10

- 01 -

如果自己最心爱的东西——无论是否有生命的物体——最心爱的，就是最心爱的，无可取代的，这么一件东西，你狂热地爱着它，不在身边你会想它，在身边时你只想不撒手地抱着它。

假如这么一件说是无可取代，可是离开它也不会让你活不下去的东西，落在了火山里、鲨鱼的肚子里，或是车流密集的高速公路上，也只有不懂事的孩子或是皮糙肉厚的动物才会无所畏惧地冲过去捡回来吧？

我已经是懂得趋利避害的大人了，代价若只是一道创可贴就能治疗的皮外伤，我可以；而飞蛾扑火那么粉身碎骨的结局，我不要。

和丁兆冬在一起，只要我老实点儿讨他欢心，就算有一天人老珠黄被抛弃了，冲着年轻时偷偷摸摸的积累，这一世的生活总不会遇见太多物质上的难处——不想死就不要跳进火山，不要挑衅鲨鱼，更不要无视车水马龙——可是我满脑子都在想禾仁康。

丁兆冬注意到我的心不在焉，他坐在桌子的对面边用刀叉切开碟子里的培根，边漫不经心地提及："你认识禾仁康吗？"

"嗯，什么？"我的反应迟了一秒，是没料想他为何发问，又不知道该怎么回答，于是莫名其妙地重复道，"我认识禾仁康吗？"

"他是个挺有名气的画家，你学画的应该知道。"

因为不明白他是想试探什么还是纯粹在陈述，所以我小心地敷衍着回答："啊，我确实知道。"

"他是和我从小一起长大的朋友。"

"咦？"

丁兆冬喝下一口咖啡，指着今早禾仁康送过来的此刻正放在墙角边的画说："他的作品是由我们公司代理的，以后你可能会经常碰见他，也许你还能跟他学点儿什么。"

"你们关系很好吗？"我顾左右而言他地提问，既然第一时间没有明说我认识禾仁康，总不能这时才承认我是他的脑残粉。

"还可以。"

"哦？"还可以？把房卡也交给他的关系是还可以吗？我没问，因为与我无关。

丁兆冬接连喝了两口咖啡后结束了这个话题："让陈叔送你回家吧，我今天要去公司。"

"不用麻烦了，我自己回去，路上还想随便逛逛。"

我站起来收拾桌子，因为心烦意乱把杯子给碰了下去，还好丁兆冬反应快伸手接住了。他默默看我一眼似乎想说什么，最后还是没说。

- 02 -

明明和丁兆冬做过那许多姿势的时候我也心如止水，为什么见了久违的禾仁康这一面之后，我的心便起伏不定，像是从海盗船上走下来后立即又去蹦极，想尖叫，也想吐。

如果爱意是肆无忌惮开得漫山遍野的花，我只想全割了它。

来到底楼大厅，没想到禾仁康竟坐在沙发上没有离开，他似乎在等人——不是我自作多情——应该是在等我，他抬起脸来冲我笑，还是那样夏雪噬城般又亮又凉的笑。

我像是被木天蓼勾引的猫般朝他走了过去。

"你为什么没有再来找我？"他问，"你不是答应了吗？说你一定会再来见我。"

"是有原因的。"我说，"可是我不能告诉你。"

他又问："你是兆冬哥的女朋友吗？"

"不是……"我脱口而出，又马上闭嘴，原地踌躇了半秒后在他身边坐下，双手搓着膝盖说，"算是。"继而又改口，"我是。"

我算是丁兆冬的女朋友吗？应该不是，但是我与他确实有实际关系——那应该是。是或不是真的不重要了，不是劝过自己，不要再对禾仁康抱有任何不应该的妄想吗？因为以我现在的处境，以我现在的、曾经的和未来的经历与身份，也都配不上他。

禾仁康于我就像是池塘里的小鱼奢望天上的飞鸟。

"我是他的女朋友。"我肯定地点头，斩断自己可笑的春心和并不存在的后路。

他一时沉默，傻笑着抓了抓头发后双手拢在一起像在祷告，随后对我说："和我一起走走。"

——好啊，要走多久，要去多远，都可以。

"你有空吗？"他站起来，双手插在裤子后面的口袋里。

"嗯。"——和你相处的话，我想我总是有空的。"算是有空吧，不是太久的话。"——可是我不能和你相处太久，多一分多一秒，对我都是负荷。

他走在我左手边，有时步子迈得大了就去了我的前方，他会立即意识到又放慢了脚步，嘴角轻轻扬起露出抱歉的笑意。

看着他的后脑勺，我好喜欢。

看着他侧面从嘴唇到下巴的线条，我好喜欢。

看着他一高一低的肩膀，我好喜欢。

看着他袖口下露出凸起的腕骨，我好喜欢。

看着他轻轻前后荡动的左手，我想把自己的手放进他的手心，然后五指沿着他修长手指的缝隙下滑，与他自然而然地十指相握。

假如是他牵着我的手，即使一句话不说，我也能和他一起从地球出发漫步去月球。

我已经不能形容自己对他的感情，不见的时候还能保持体面的理智，偷偷地笑一笑或是静静地难过一小会儿，一旦近在眼前，我只想摸他，摸他的头发，摸他的眉心，然后摸他的鼻尖和脸颊，还想要亲亲他的嘴角和画画时不停转动的手腕，我像一个饥渴的变态、有瘾的罪犯，可是求而不得的巨大悲伤像是轰隆搅动的飓风，撕拉着我与他之间的距离，亦真亦幻、跋山涉水。

- *03* -

　　我们坐在了一家咖啡厅里后，我端着拿铁看着禾仁康手里的美式说："很奇怪你爱喝黑咖啡，还以为你会喜欢甜的。"

　　"以前确实爱喝甜的，被兆冬哥说了几次那是孩子喝的以后，现在也习惯苦的了。"禾仁康的手指轻敲着杯沿说，"我知道他有女朋友，不止一个……"顿了顿，又皱起了眉头笑着解释，"我不是那个意思，其实我在他家里从没见过女人，除了子芸姐以外，你是第一个——"

　　"哦？"我茫然地点头，但其实并没有在认真听他说什么，他手指甲里的颜料残余吸引了我的注意力，又画了什么？真想看。

　　"所以你是他真正的女朋友。"他问，"你们怎么认识的？"

　　"你们怎么认识的？"我漫不经心地重复，却也是在提问。

　　"我们从小就认识了，我和兆冬哥。"他又补充，"还有芸芸，我们一起长大的。"

　　"你们感情一定很好。"

　　他笑笑，抿了一口咖啡没说话。

　　我们坐在靠窗的位子，日光形成一面金色的窗帘盖满了整扇通透的落地窗，像是贪心的小老鼠把一整块大黄油使劲朝自己的小洞口里推，黄油被挤得溢出来，一片片地流淌向餐桌、杯把、我的手背和禾仁康的半张脸。

　　他面部的皮肤被光照得透亮，浅细的绒毛像是一层被刻意撒在蛋糕上的金粉，可是头发却像是噬光的山谷般依旧暗哑静谧，即使他总是面带笑意，那笑却像是萦绕山顶、遮光蔽日般的浓重乌云，叫我想要用手一点点将其揉开。

"咦？"他诧异地轻哼。

"咦？"我回了魂，才发现自己的手指竟然摸在他的脸上。

我们四目相对，他像是长着獠牙却又软绵绵瘫在地上任人摆布的新生幼兽般天真地看着我，这使得我更加没羞没臊地放肆起来。"沾到咖啡了？"指尖滑到他下唇上一粒黑色的小点，轻轻搓了搓说，"你的嘴上是有一颗痣吗？"

他倾身向前，似乎是为了让我看得更清楚，而我也自然地倾身，却中了邪般不由自主地亲了他，只是缓缓地、轻轻地，在他的唇上贴了一下。

然后我愣住了，他也愣住了，当我露出慌张神色时，他却笑了。

我也笑了，我们俩对着傻笑了一阵。

他站起来拉我走，我们在商场中的人潮里逆行，直到穿过一扇扇白色大门，来到迷宫般人迹罕至的消防通道，这里面没了人声鼎沸的商店，像是村落外的原野。他只是慢腾腾地往前走，时不时左顾右盼，最后当我迈上一级向上的台阶时，他突然拉住我的手腕说："可以了。"

我转过头，他站在台阶下真诚地仰望着我说："这里没人。"

"嗯？"

"再亲一次。"他伸长了脖子。

我弯下脖子亲他，能感受到他闭上了眼时睫毛微微的颤动。

"再一次。"他还没睁开眼，边说着边往上迈了一级台阶。

我只好又倒退着朝上走一步，同时再一次低头吻他。

"再一次。"他依旧没有睁眼，又挤着我往上走了一步，双手握住了我的手腕。

我又亲他，忍不住笑了。

他也笑了，却继续说："再一次。"

最后我一次又一次地亲他，直到我们走完了这一层楼梯。

他把我逼到墙角，目不转睛地盯着我笑了一会儿后说："换我了。"

这一次我们的吻很漫长，却依旧像是一个又一个叠起来如同孩子般淘气的吻，相互咬着嘴唇，时不时地忍不住发出笑声。

"好了好了，够了。"我双手捧着他的脸，边躲边笑，像是在阻止一条向我撒娇的大狗。

他双手抓着我的手，脸颊被挤出两道可爱的浅浅痕迹，黑黝黝的眼珠子里是我很淡的倒影，他问："你为什么要亲我？"

"我不能告诉你……"我突然有些欲哭无泪，"也许是我爱上你了。"——这后半句话出口时，我在心里骂了"×"——我发誓我是真的不想说的，可是他在看着我。禾仁康在看着我，他吻了我——像是上百只长颈鹿在天上飞，像是十万吨的烟花同时爆炸，像是无数条彩虹从海里叠出直达银河的轨道——

梦境成真也形容不了我的幸运，全世界的奇迹正在被我疯狂地挥霍。

"再亲一次，这一次要很认真，不闹。"他说着，双手滑过我的手背，顺着手臂经过我的肩膀，最后捧着我的脸，俯身吻上来。

我的嘴里含着凉凉的钻石，直到被我赋予了温度，钻石变成了金光闪耀的小龙，在云层间兜兜转转，流连忘返。

我们吻了一次又一次，直到他吐着舌头说："渴了。"

我们又捧着对方的脸傻笑。

- 04 -

我几乎是奔跑着回家的。周遭的一切都变得不同了，四处堆积着装修废料的小区像是欧洲小镇的圆形广场，有老人在打拳有孩子在尖叫的居民健身区像是飞鸟盘旋的树林，我边笑着和遇见的邻居说："您好！您好！"边跑过恍如河面小船般一叶叶串起来的楼梯。

想要快些见到南冰，告诉她，我恋爱了，不不，我陷入爱了，我见到爱情了——对，我知道爱情是什么模样了……

是一种引力。

是你往外逃，它把你往里拉；你往高处飞，它偏使你坠下；你想往地里钻，它却狠狠将你抛起直至窒息的高空，不能抗拒也不能对决，只能由它带你天旋地转，叫你想要笑着尖叫，也想要笑着流泪。

杨牧央没带我见过它，丁兆冬也没有，所以我对这美丽怪兽的模样曾经只有一番猜度，我以为它是可爱而柔软的、人畜无害的、闪闪发光的。

爱情确实闪闪发光，偶尔也是可爱而柔软的，可它并不是人畜无害的，有琉璃般的瞳仁和羽绒般的毛发，也有狼虎般的獠牙和刀刃般的利爪，它能温柔地把你抱起来去浪迹天涯，也能在夜里一个翻身不小心要了你的命，叫你迷恋，又叫你胆战心惊。

心里涨疼，我分不清楚是喜极而泣还是前途未卜。

"南冰！南冰！南冰！"我兴奋地拉开家门，却只见到许雯雯盘腿坐在沙发上照镜子。我俩沉默地对视了三秒后，她说："不在，再见！下一个。"

穿着清凉的许雯雯整片胸口都露在外面，挤出一条直达两条锁骨正中的长沟，形成了一条左右高峰包夹的羊肠小道。

"唉，难得看见你在家。"南冰不在，我顿时冷却了也耳清目明了，走过去把包甩在她身边然后一屁股坐下，盯着她的脸问，"妆花了？"

她答非所问："南冰在车展上认识了一个高富帅，约会去了。"

"转过来我看看。"我托着她的下巴迫使她面对我，然后倒吸一口冷气，"喂，你这——"许雯雯明显是挨打了，左边眼睛肿着，从眼皮连带眼窝到半边脸颊的瘀青正好是一个拳头的痕迹。我最后"啧"了一声，也没追问，只是说："我先帮你卸妆，然后冷敷一下吧？得上点儿药。"

"上药就算了，晚上还要上班，你能帮我挡一下最好。"她的手在脸上比画，示意我用遮瑕膏掩盖伤势。

"太拼了。"我站起身去拿卸妆油。

"真倒霉，遇上个发酒疯的！"她在我身后抱怨，"那些婊子，看我挨打也不拦着，心里指不定在偷乐，好像没了我，她们就能一夜致富似的。一群狼婊，为了块儿八毛的就能围观凶杀现场。"

"你这工作遇到什么人都有可能，太危险了。"

"高风险，高回报，我等不及了。"她对着镜子用手把鼻梁上那点儿皮捏起来塑造出高鼻梁的效果，"人家马上就想变成白种人。"

"做鼻子是不是要切开？很疼的。"我把头箍递给她。

她边把头发箍起来边说："不会比痛经疼，再说了，要能一觉醒来变成冰冰，我疼个半年也行。"她严肃地打量我一会儿后说，"变成你的话，一周吧。"

"要一周啊，太感动了，谢谢你啊。"我把卸妆油挤出来，往她脸上抹。

"轻点儿！"她躲。

"你可是要变白种人的，怕疼搞屁。"我边帮她卸妆边后知后觉地想起来问，"南冰不是和关诚和好了吗？"

"得了吧，只要向海活着一天，关诚永远是备胎。"许雯雯说，"南冰在车展站了那几天，收了好多名片，从里面随便挑一个出来我就能嫁了。"

我呛她："你也就说说，你才舍不得苏启旬。"

"启旬不一样。"她突然放下镜子，认真地看着我说，没等我发问什么不一样，哪儿不一样，原来她是要说，"和向海不一样，也和你家的丁兆冬不一样。"

"去洗把脸吧。"我举着一双油汪汪的手站起来往浴室走。

"他是个普通男人。"许雯雯也跟过来，嘴里继续说着，"他在车展上看上一辆车，喜欢得一直在说，我看他那样儿，和我喜欢一个驴包简直一样一样的。要换了向海或是丁总，当场就买了——虽然他们可能也看不上那车——我觉得启旬不会有出息的，现在买不起，很久以后也许能贷款买了，我们要是结婚了，房子的首付指不定还得我自个儿挣出来。"

"我记得你说过你不在乎钱，就想要真爱。"我在水池里洗手，"他不是你的真爱吗？"

"我没说不是。"许雯雯弯腰把水往脸上扑，嘴里还在嘀嘀咕咕地说话，"我只是觉得，有很多东西我要自己挣，而有的人一伸手就有，我就不去和那些含着金汤勺出生的人比了，单说你吧……"

"我什么？"我顾不上擦手就急着反驳，"你还不知道我可是……"

她滔滔不绝地打断我："我俩几乎来自一样的家庭，我是说经济方面，又一起打工拿一样的工资，难道我们的人生轨迹不应该是一样的吗？

可是你转眼挎起了我们当时五个月工资才换得的包，随手送我一条在国内买不到的裙子，是因为你比我努力吗，还是你的人脉比我广呢？只因为你漂亮。"

没料想她会提到这一出，我哑然。

"南冰就算不跟向海，也不要关诚，就凭她那一身画皮，随便去金宝街遛一遛，去哪家会所坐上个半天，荤的素的、肥瘦相间的，她想要什么有什么。"她直起腰来，双手撑在水池边，似乎在盯着出水孔说话，"是，南冰是个女强人，她口口声声不靠男人，可是她无视了外在条件为她带来了多少人生便利，这就叫身在福中不知福。至于你，我们都知道你是被丁兆冬强迫的，可是你也不能否认你捞到了不少好处，还英勇就义得像个女烈士似的。"

我的脚不自觉地往后退了一步，似乎本能地想要离开眼下这扭曲的氛围。

"南冰有向海，你有丁兆冬，而我呢？我只轮得到王子睿，苏启旬可能就是我许雯雯这辈子能得到的最高级的男人了。"她抬起遍布水迹的脸来看着我，卸了妆后脸上的瘢痕在白炽灯下惨烈得格外触目惊心，"你和南冰不想要的，都是我梦寐以求的。"

- 05 -

终于送走了一直说说说的许雯雯，在等南冰回来的时间里我摊开了白色的稿纸准备画点儿什么，虽然《云踪瑰迹》已经交稿，但是要出版后才能拿到稿费，这段时日里我还是得给自己挣生活费。丁兆冬给的裙子和包再贵也不能当饭吃，有时候真有些忍不住想放到网上当二手的卖了，又觉得无耻，毕竟是人家给的，也没说哪天会不会要我还回去，就是不用还了，他要是看我没穿着也是会质疑的。

所以，我根本就不是许雯雯说的那样衣食无忧的大小姐——我可还是进馆子先打开手机 App 搜索优惠券的人——越想越来气，总是过了最佳回击时刻后我才意识到应该要怎么反驳。

不去想她了，想想禾仁康。

这一想起他来，我就开始傻笑，坐也不是站也不是，在床上平躺了一会儿，又滚了一会儿，我跳起来扭了扭屁股，又挥手舞动了一阵子，重新坐回桌前，提起笔来却一根线也画不出。

我干脆站起来又舞了一阵，原来恋爱了还能强身健体。

"我们有话好好说行吗？"南冰的声音在身后响起。

我转过身去，看见她倚在门框上，歪嘴冷笑的样子就是标准的男二号。"对不起，亲爱的，我心里有男一了。"我遗憾地冲她摇了摇头。

她没听明白，立刻弯腰在地上边寻找边说："这孩子，叫你别瞎抖擞，就那点儿智商这会儿全掉了吧。"

我拉起她的双手转起圈来，郑重其事地宣布："我谈恋爱了！"

"就这样？"她撒开我，翻个白眼说，"还以为你要结婚了。"

南冰把包扔在床上开始脱上衣，我像小鸡跟娘似的在她身边转悠着继续说："我觉着我又是个少女了。"

"傻，你现在也是少女。"她在忙碌间隙里朝我抛个媚眼说，"在我这儿，你是一辈子的少女。"

这女人，我天天看着她这张空前绝后的脸，听着她这红唇轻启的小情话，竟然还没弯成一个圈儿，全是多亏了世上有个禾仁康——"你都不问我是谁？"我双手搭在她的腰上，这瓶颈般的纤细手感一时间也动摇了我的性取向。

"还不就是那个画家。"她说，"你有没有想过你是爱他的人还是爱他的画？"

这人总是一针见血……

我站在原地梦游了一分钟，才无愧于心地大声说："人！因为他是禾仁康，所以他能画出那样的画来，如果他不是禾仁康，换了他的心，换了他的手，只要他身上有一点点不是禾仁康，那他就画不出禾仁康的画来。"我补充，"我爱的人是天才，也是因为他就是他所以是天才。"

"呵，这朵小傻瓜花儿，晓得绕起口令来以歪理服人了。"南冰笑了，放下手里的活儿转过身来戳了戳我的脸颊说，"这笨嘴竟也有了老娘的三成功力。"

"我真的爱上他了。"我握着她的一双手腕，轻轻捏着说，"真真的，从没这么真。"

"我知道。"她松开我的手，双手捂着我的耳朵，以目光轻轻将我的脸洗过一遍后，苦笑着问，"他爱你吗？"

- 06 -

南冰说她没有和新男人约会，对方是在车展上认识的一位女性创业者，俩人聊得挺投机，对方有兴趣和她合作开咖啡馆。

"真好，你要有事业了，人生开始走向正轨。"我躺在床上，抱着她的胳膊说，"我才刚刚遇见人生的第一个真爱。"

"不要太贪心了，事业和爱情本来就稀罕，对多少人来说就只是个传说而已，他们光顾着奔波上班讨生活再凑合着相亲结个婚，忙忙碌碌也只是足够收拾一地鸡毛而已。"她拿着 iPad 在看书，因为一心二用所以语速很慢，"好歹你和你家真爱是可以在一起的，没有任何阻碍地在一起，想在一起多久都可以。"

——可是他爱我吗？

对于这个问题，我没有正面回答，只是告诉南冰："我们接吻了，不止一次。"

杨牧央是爱我的，丁兆冬是不爱我的。

禾仁康爱我吗？我不知道，也不想问，因为爱太沉重了，我怕把他吓跑。

我认识他很久了，是那么长的青春期和每一次抚摩过复制画的白昼，是那么长的熙攘街道和每一次落单时的小巷，可是他才刚刚认识我——说喜欢太轻浮了，说爱更是古怪——他一定觉得我奇怪又好玩，他也许只是想玩玩。

我不会要他给我答案，因为无论他说什么，我也愿意陪他玩玩。

"嗯，其实我很幸运。"我在她手臂上蹭了蹭，呢喃着说，"贪心是不好的，在很久以前我只想这辈子能见禾仁康一面，后来就想要个手机号码……仅此而已，可是现在我却得到了好多个吻，我要知足。"

"是啊，想想我们没有出生在山里也没有遇到人贩子，更没有缺胳膊少腿，还可以谈理想、谈爱情，那些历史上的打打杀杀和新闻里的天灾人祸离我们像是另一颗星球那么远……"她的脸被屏幕上荧荧烁烁的光照得蓝幽幽的，像是浮在夜晚的泳池水面上，声音里透着困乏，"我们都已经足够幸运了。"

"可是我总觉得我还能生活得更好。"我打了个哈欠。

"当然会更好的。"她抽出胳膊，把手掌放在我的后背上轻轻打着拍子，柔声哄我，"现在已经一天比一天好了，会更好的。"

我睡得很沉，才会以为清晨时听到禾仁康的声音是在做梦。

·"测试，测试，现在是寻人广播。"——吱吱啦啦的扩音喇叭里传来的声音——"可爱的街坊邻居们，早上好，打扰大家休息了，很抱歉。我姓禾，我很饿很着急，要寻找一位姓艾的小姐。请艾小姐立即下楼来见我。"短暂的停顿后，更加清晰透彻的声音通过扩音器与日光融汇成流动的银色潮水——淹没斑驳的墙面，钻进我家窗台的缝隙漫延向床脚，爬进我的耳朵——"再重复三遍，艾小姐，艾小姐，艾小姐，禾先生在等你一起吃早餐，然后你们就可以私奔了。"

- 07 -

我看见一辆乳白色的房车，像一整个涂着白色巧克力外壳的长方形吐司，车窗支着小小的蓝白条纹遮阳伞，车顶堆着生机勃勃的盆栽花和香草，禾仁康穿着宽大的炭灰色长袖 T 恤和黑色的破膝仔裤坐在车门台阶上，他正一手拿着咖啡在喝，另一只手拿着咬过的面包冲我挥舞，怀里还卧着他的猫。

在他身后全是我日日夜夜早已烂熟于心的景象：附近居民私搭的晾衣杆上挂着花花绿绿早已洗得褪色的被单，几乎快超出负荷的垃圾桶旁边堆满了装修废料，稀稀拉拉的树被一根根斜插入土的木棍撑着虚弱的腰身。

禾仁康像是一页童话，被撕下来随手扔在了飘浮着鱼腥味和卤肉味的集市。

　　我想把他捡起来装裱在画框里挂在床头，每天看着，看久了，就能在梦里触摸。

　　而这一切竟不是梦。

　　我还未清醒只是匆匆换了衣服抓起手机便跑下来见他，这会儿才想起自己蓬头垢面的忙抬手梳了梳头发，想要转身回去花两小时化妆，脚下却一秒也不停歇地走向他，想要精致而矜持地面对他，脸上却是止不住的傻笑。

　　"小姑娘，不是说想和我学画画吗？"禾仁康吃掉了半拉面包，站起来往旁边侧身示意我进车里去，"禾老师可以教你，只要你现在跟我走。"
　　我顾不上这扇门会通向何方，是仙境还是火海，是田园还是悬崖，便傻乎乎地笑着一头扎了进去。

　　车里比想象中要宽敞，有沙发和小桌以及必备的家电和能做简餐的灶台，甚至有一间带拉门的微型卧室，因为从天花板到地板全包上了白漆的原木，所以视觉上显得更为豁亮。
　　禾仁康站在我身后把门轻轻带上后，整个空间便陷入与世隔绝般的静谧里，停止流动的空气让人的感官变得警觉而敏感。
　　感受到他覆盖上来的气息，我紧张得浑身一僵，结果他只是伸手把灶台上的牛皮纸袋拿来放在我眼前的桌上，里面是面包。

　　"随便吃点儿吧。"他又指着咖啡壶，"你要加糖和奶吗？如果要喝牛奶，冰箱里有。"见我没动作，他低头贴在我耳边说，"要么你去床上再补会儿觉？我去开车了，等你醒来就到了。"

"到了？"我立刻转过身问，"去哪儿？"

突然近在眼前的脸让我吓了一跳，肩膀明显瑟缩了一下，现在才后知后觉地想起我对眼前这个男人告白了，而我其实除了知道他是禾仁康以外，对他的一切都一无所知。他是禾仁康也是个男人，虽然看起来瘦弱但也足够单手把我掐死，再开着这辆车带着尸体旅行，而我却想和他去任何地方，像是痴情到自掘坟墓的傻瓜。

"你在害怕？"禾仁康为我的反应感到奇怪，他歪着头讪笑道，"可是昨天你还亲了我。"

"昨天的我不是我——"回忆起我莫名其妙的饥渴表现，立即尴尬地解释起来，"至少不是我本来该有的样子，那不像我。"

他皱起眉问："你说爱我是假的？"

"不是假的！"条件反射地回答之后，我又话锋一转地为自己辩解——毕竟在一段关系里表现得太在乎就输了——"但我只是说也许我爱你……我还没弄清楚。"

他抬起双手作势要摸我，却隔着数厘米的距离从耳朵到下巴再到脖子，双手如此一路悬空描绘着一般经过我的肩膀、手臂和腰，最后他双膝跪在地上，屁股坐在两条小腿上仰起脸凝视我，慵懒的样子像是一个打坐时犯困的小和尚。"还怕吗？"他捏起我的手，在手背上亲了一下后问。

面对他时我的心真是随随便便就化了："好点儿了。"

"我不是坏人，不会欺负小姑娘，你说要就要，不要就不要。"他还没站起来，就坐在地上以那么一副睡眼惺忪的样子软绵绵地问，"虽然你是兆冬哥的女朋友，但我还是想问你，要和我私奔吗？"

我被填满了，前所未有的。感觉自己从一台空有骨架的机械人终于饱满到生出了人类的心脏。

第十一章
chapter - 11

- 01 -

还在学校里上课的时候，我左耳里是夏天的蝉鸣，右耳是数学老师在讲台上讲几何，用粉笔在黑板上画着一条又一条直线。一节课也就四十分钟而已，我却常常感觉自己已经坐在这里有三五十年了，而下半辈子也要继续坐在这里。

毕业的那天真像是死而复生，上一辈子都已经过去了，迎接新人生吧——虽然这么想——不过也是从"初中这一辈子"进入了"高中这一辈子"，那之后似乎完全能够料想，不就是"大学这一辈子"到"上班这一辈子"，哦，还有"为人妻母这一辈子"。

在快餐店里打工的时候，我常常看着柜台前的客人讨论是使用优惠券更划算还是在小卖部买瓶可乐来单点更合适，他们有时是年轻的情侣，有时是年迈的老夫妇，有时是稚气的学生，在我看来都是几近相同的模样，这面容名叫"他人"也是"凡人"——唉！我在心里叹口气，活着全是琐事。

在走神时我总会想，生活要是更梦幻些就好了哪怕短暂。所谓梦幻并不是说要骑着白马的王子来接我去城堡，这般公主病的向往与其说太幼稚不如说太无聊。

我想要的是极致绚烂哪怕险象环生的梦幻，像一部一百二十分钟的电影。

没有那么多碗筷要洗，没有那么多零钱过手，我眼前一晃而过的不再是公交车站牌也不是环卫工人身上的荧光色马甲。

是碧蓝的海，是樱花淹没的街，是通往雪山的狭长木桥，是院子里落满枫叶的泳池，是焰火也是枪声，是庆典也是游行，是三分钟尖叫和三分钟怒吼，是三分钟歇斯底里和三分钟喜极而泣，是飞速切换的场景与天旋地转的情绪，直至谢幕时我终于饱览美景又饱含爱意地死去。

杨牧央于我来说是柴米油盐和九块钱的结婚证，丁兆冬则是我瘦身后才能穿上的零码连衣裙和透支的信用卡，而禾仁康——他不是我的生活，他早已超出了我能理解的一切——他是我此生能见的最极致的梦幻。

怀里抱着康康，手里拿着牛奶瓶的我坐在副驾驶座上专心致志地看着禾仁康开车，他在遇到红灯时会侧过脸冲我无声地笑一笑，毕竟不是拍电影，不能一个黑屏后我们就到了爱琴海。原来私奔的过程也会肚子饿也有一盏又一盏漫长的红灯，可是一点儿也不无聊，因为他是我的梦幻啊，只要在他身边就觉得没化妆的自己是女主角。

- 02 -

在驱车离开北京城之前，我说突然就要去远方可是自己什么也没准备，言下之意是要不要再约个时间等我收拾行李？禾仁康不让，他说换一天可能就不会动身了，画画也是一旦画到中途停笔那这一幅画就再也完成不了。

"想到的事情要立刻做，想见的人也要马上见，因为世上有台风有海啸，那个人随时也会结婚的。"他并没有看我，眼睛直视着前方微笑，"你在亲我之前有没有犹豫？"

我嘀咕："冲动是要付出代价的。"

"有时是代价，有时是圆满。"他说，"不做的话，结果是什么也不知道。"

那我是圆满呢，还是正在付出代价呢？——"我不后悔亲了你。"

"我也不后悔被你亲。"他抬手以指背抹去了我嘴角沾的牛奶，然后放到自己嘴边舔干净。

他随便一个动作便煮开了我肚子里满满的牛奶，咕噜噜地冒着奶泡，甜得四肢发软，叫我像个奶油夹心的大福般松垮地团在座位里。

我们去了无印良品采购生活用品，我的身上只有一部手机，禾仁康更是除了一张信用卡外什么也没带，所以他也买了牙刷毛巾和换洗衣物。"没关系啊，有钱这些东西上哪儿都能买到。"他解释，"只要我带了画材就好。"

然后我们又去了超市买食材："多拿一些。"他推着车不断地往里面放各种蔬菜瓜果，因为他只有信用卡没现金，"离开市区可能就买不到吃的了。"

"可是冰箱放不下这么多。"他边拿我边往外拣，指着干货架说，"要囤货就拿真空包装的。"

"可是不好吃。"他认真地委屈道。

"原来你是吃货。"我戳他的腰，"还这么瘦。"

"人生啊,能吃饱能画画,就够了。"禾仁康把胳膊挂在我的肩上摇晃,推着车往零食区走, "那再多拿些糖。"

"嗯,糖可以随身备着,在低血糖的时候能救命的。"

他惊讶地看着我: "你活得好认真。"

"生活本来就难,不认真就更难了。"我摇摇头, "不对,我不算是个认真的人,只是和你比起来,你太随便了。"

"死不了就行。"他长长的手绕过我的脖子,点了点自己的脑袋说,"脑子够用,手还在就行。我不聪明,顾及不了太多东西,所以能放弃的就放弃,这也要那也要的话,我就不能专心画画了。"

——那我是属于要顾及的,还是能放弃就放弃的?

啊,有太多问题了,一个也不敢问。

我觉得他旺盛又直奔主题的生命力和南冰有些相似,别人是以圆珠笔细细地画满整幅白纸,而他们却是拿着油漆毫不迟疑地朝白墙上泼,她是明黄赤红,他是靛蓝墨绿——

南冰的生命力是蓬勃而发散的,而禾仁康的生命力是蓬勃而笔直朝前的。他们同样热情又单纯,只是南冰选择负重奔跑,禾仁康却是边跑边丢,她凭借敏锐的直觉,而他遵循身体的本能——

也许我对他来说只是一次孩子的暑假冒险。

- 03 -

时至深夜我们还在高速公路上行驶,高架桥下是一片昏黄灯光串联照亮的不知名的小镇,从来没有出过六环的我很新鲜地趴在车窗上极目远眺,除了人迹更少、平房更多之外也没觉着和北京的郊区有多少不同。

隔天在床上我是被禾仁康挠痒痒闹醒的，他看起来一夜没睡却异常亢奋地趴在床边说："我们到了。"

被他下巴枕着背毛的康康不高兴地"喵喵"叫，我伸手抱它过来的同时在清晨的凉意中卷着被子坐起来，看见窗外的视野不再是局促闷人的细碎巷道而是敞亮无比的天高海阔——我第一次看见海——"这是哪儿？"

他挤上床来从身后伸长双腿把我圈起来，下巴搁在我的肩上说："青岛。"

"空气里的气味不一样。"我使劲深呼吸了几口后，满心的激动化成了海鸟从喉咙里飞了出去，"这就是海的气味，有点儿腥，不臭，很好闻，潮乎乎的。"

"要摸摸吗？"他附在我耳边说话时，嘴唇碰到了我的耳垂。

"嗯，想摸摸。"

远处有一个男人在遛狗，更远处的石墩桥上有一个女人在晨跑，太阳还埋在湖泊蓝色的云层重叠之间，冷淡的光线把寂寥的沙滩冲刷成了冷色调的大理石。我们蹲在海边，把手浸泡其间抚摩着缓缓流动的沙粒，执着的海浪一波推着一波地冲撞着我们裸露的脚踝。

我说："比想象中热，也比想象中冷。"

他的手指像是散步般靠近我，然后叠在我的手背上，五指虚虚实实地插入我的手指间问："你说爱我，指的是认定我了吗？"待我点头，他继续说，"我知道大部分人会花很长时间确定关系，再花很长时间谈恋爱，然后试探着看看能在一起走多远，谈个恋爱而已似乎谁也犯不上抱着必死的决心，毕竟不合适还可以换人——可是我没有那么多时间——"

我凝视着他眨也不眨的双眼，又点点头。

"我的时间很紧，没有那么多空闲去试探去钻研，也觉得那对我来说并不是人生必要的一部分。我想要的不是一个随时能散的玩伴儿，我要的是一辈子仅此一次的爱情，仅此一个的灵魂伴侣。"

我点点头示意我有在听，每一个被海浪声浸湿的字都清清楚楚地听到了。

"你现在可以确定地告诉我——要抱着不是生就是死，只有一次机会那样的决心来告诉我——你选择了我吗？我现在可以确定地告诉你，我认定你了就不会再换，我不会同意你中途放手，因为我没有那么多时间再去和另一个人在一起了。"

"嗯。"我肯定地点了点头说，"对我来说，就是你了。"

他的手在海里握紧了我的手，然后倾身过来吻我。

- 04 -

我们在人潮开始聚拢之前离开了海滩，禾仁康将车开上了盘山路说去他家里画画，不等我提问便补充说明，他在全国各地都有房产："看心情决定要在哪里住，每一座城市都能给我不同的灵感。"

"这山上有几户人家？"我趴在窗口看了这么久，视野里只有青山大海。

"就我一家。"他说，"这座山是我的。"

"……"我心里震耳欲聋的"土豪"两个字在肚子里经过百转千回后化成了淡淡的一声，"哦……"好歹稳住了自己也算见过世面的伪装。

虽然知道禾仁康很有钱，但鉴于他是搞艺术那一挂的，所以我以狭隘的主观做出了蛮横的猜度：比起丁兆冬的"商人"身份，"画家"总是要脱俗不少的，是醉生梦死而远离现代物质的。

"房子和地都是兆冬哥替我买的，钱也是他在打理，那些变来变去的数字对我来说太头疼了。不过因为他说钱很重要，所以平时我也很小心地花钱，只买吃穿用的，可是他也常常会买一些我不需要的东西给我。"他似乎真心感到苦恼地抱怨，"我喜欢可以带着很多画材上路的大车，可他总买只能坐下两个人的跑车给我，他说因为我是禾仁康所以要开好车。"

我无奈地喝了口水，觉得这话题以我的见识来说是深入不进去的，只好不走心地附和道："他是为你好。"

他突然扬起了声调问："你喜欢哪个国家？我想在国外买房子，看看在巴塞罗那或是那不勒斯住一段时间，试试能画出什么样的画来，怎么样？"

我继续喝着水，诚实地说："我不知道，也没见过所以谈不上喜欢哪里。"

"不着急。"他轻松地说，"反正这个世界不大，我带你去看过了，你再告诉我喜欢哪里。"

山顶是一片被修整过的异形广场，车子开上平滑工整的石板地后可以直达车库，水质湛蓝清澈的泳池藏在郁郁葱葱的灌木之间，一栋造型别致的三层楼房刚刚高过周边的树群。

不用禾仁康说明，我也能猜到这房子是知名建筑师的获奖设计。

方正修长的木质楼体被透明的几何玻璃墙面包裹起来，一圈金属台阶仿佛悬在空中般以自由生长的姿态围绕玻璃外壳直达各层露台，率性而为又精雕细琢的结构，既像是在此坐落了上千年的远古遗迹又像是异星来客有意搭建的科技结晶，真是一件现代精工与植草万物圆满融合的至美艺术品。

进了大门后，康康立刻从我怀里跳了下去，悠然自得地找到了自己的食盆后转头冲禾仁康叫唤要添粮，看来它来过许多次了。

喂过了猫以后，禾仁康立即带我去参观了我最关心的画室。顶层上百平方米的空间竟是由木质立柱支撑的完整一体，没有任何分隔设计的偌大房间内种满了从天花板窗口探出身体去的植物，数十幅大小不一的画架错落有致地摆放于这座小型的密林之中，头顶是在枝繁叶茂中滚滚涌动的白云，往前看是落地窗外一望无际的大海，原来这座房子的背面竟紧依着悬崖。

面朝大海的窗前摆着一张床，禾仁康坐在上面背对着这座人造森林，那背影看起来像是孤独的精灵。

"我把床放在这里，是因为一幅画没有完成就不想离开，半米也不想离开。"他用手掌抹了抹身边的位子示意我坐过来，然后望着远方的海笑着回忆，"有一次我在这间房里画一幅画一直画到昏睡过去，醒来再继续画，又昏睡过去后睁开眼来再继续画，就这么昏睡、醒来，昏睡、醒来，直到完成后我可能睡了有一天一夜，啊……"他陶醉地长出口气，"再睁开眼时看到那幅画的瞬间，真的就是它生命里最美的样子——"他转过脸来看着我说，"真想叫你也看看。"

我的手盖在他的手背上，似在安慰他其实是在哄自己地认真道："会看到的，以后你每一张画我都想看着它完成。"

在短暂的沉默对视中，他倒映着我的瞳仁突然轻轻晃了晃，像是一盏烛光在漆黑的洞穴里忽闪。"你全部属于我吗？"他说话间咬了咬嘴唇，原本被我覆盖在下面的手掌反客为主，手指慢慢地滑入我的指缝间，喉咙做出了吞咽动作后又压着嗓音很严肃地问了一遍，"你发誓只属于我吗？"

我凑上去欲以吻代答，禾仁康却突然一倾身骑在我身上，一手依旧与我十指相扣，一手作势掐着我的脖子，从来神色懒散的他此刻竟眼神灼灼地发问："你会和丁兆冬分手，彻彻底底地属于我吗？我要的是你的头发、你的手、你的脚，只属于我一个人。"

我的眼泪流了出来，并不是因为被钳制的脖子或是身体哪里感觉不适，而是电光石火之间意识到我有归宿了，像是一个半生颠沛流离的人突然有了信仰，像是一个在雪山迷路的人突然见到灯火——要么是救赎，要么是疯癫——无论如何再也不会茫无头绪亦不会郁郁而终，因为目的地前所未有地清晰了。

南冰，从此以后，我知道自己要上哪里去了。

我心里禁不住向南冰报喜，嘴中向眼前命运庄严地起誓："我发誓。"

他急促而欣喜地笑了，那有些意外的神情像是已经被遗忘在雪山上千万年的神明见到了冒死而来的唯一信徒。

在我们接吻时，他那张紧绷的脸像是在主持一场盛大的仪式，我忍不住笑出声来，却被他以又咬又啃的吻击溃。

原来禾仁康并不似我想象中那么温吞的男孩子，他是个汹涌的男人，是个裹着羊皮的狼——其实应该料想得到的，因为他氛围平静的画作中暗含的能量是那么磅礴有力。

他亲吻我的锁骨："这里被他碰过吗？"

不见我回应，他用力地咬了一口，我不情愿地哼出一声"嗯"——能不能不让我想起丁兆冬，至少在眼下这一刻让他去死。

"这里呢？"他往下滑动。

"嗯。"

"这里呢？"

"嗯。"

他一路问，我一路答，却也渐渐想不起丁兆冬的模样了。

"这里呢？"已经吻遍我全身的他像满嘴挂血的黑豹般双眼闪动着猎食的凶光，趴在了我的小腹上问。

"没有……"我闭紧了已经濡湿的眼，伸直了手去抚摩这头凶兽的温热毛发。

他如獠牙放弃挣扎的猎物般戏弄、咀嚼、搅动，而后撕咬、吞噬。

我在体内潮涨与皮肉酸胀的混叠袭击中意乱情迷、摇摆不定，在渐行渐远的意识中只听到他恶狠狠地笑着说："今后都是我的了。"

- 05 -

我们几乎没有离开这张床的附近，拿了些袋装食品和饮料坐在床上吃喝完了随手扔在一边，又抱在一起追打嬉闹。嫌闷热把落地窗打开时被突如其来的海风扑打在皮肤上，结实又冰凉的触感犹如迎面而来的海浪，两个人被刺激得发出尖叫，然后我们闻着空气里潮湿的海腥气味，躺在被海风铺满的地板上。

好奇怪，我竟然一反面对丁兆冬时的躲躲闪闪，在禾仁康面前一点儿也不觉得害臊。可能因为他几乎要将我扒皮拆骨的占有欲像是避之不及的海啸——他这双手创作了举世闻名的杰作，他这双眼看遍了千帆过尽的美景——此时此刻面对我的身体却像是最蛮横霸道的军队，将所到之处全部烙上属于他的印记。

即使已经和丁兆冬同床共枕了许多日夜，他也总是有意无意地对我表现出疏离的抗拒，一副怕我赖上他要负责的渣男吃相。

而禾仁康对我表现出的肌肤依赖感是近乎于变态的，无论站着还是躺着时，他极尽所能地将后背紧贴着我的后背，胸口紧压着我的胸口，双手双脚也不甘寂寞地如同囚笼般死死攀在我的身上。

我以手指搓揉着他的刘海，抚摩着他的脸颊想，这个人或许很没有安全感。当我们面对面躺着聊天时，他讲述的过往证实了我的猜测。

"其实我根本就没有家，北京那个房子不是我的家，这里也不是，上海的不是，南京的不是，哪里都不是，我的家在我小时候就没了。"禾仁康在与我相拥时好不容易泛起了红晕的面色此时又恢复了往常那般病态的惨白，"兆冬哥也和我一样。当时我们在学校里上课，天气很好，没有下雨也不是阴天，那就是最普通的一天，甚至连一场考试也没有，可是我们在下课后就没有家了。"

我的手穿过他的腋下从上至下一遍遍地轻抚他的后背，想要把他久病难愈的悲伤从皮肤里全部抚出去。

"因为妈妈叫我管丁兆冬叫哥哥，所以他真的拿我当弟弟，他的亲戚要接他走，可是我没地方去，他就拉着我的手说要带上我才走。那时候我整天就只知道哭，因为想不通，不明白到底出了什么事儿，爸爸妈妈怎么就不见了……他是班长，比很多小孩、比我成熟很多，心里肯定是很烦我的。"他像是被回忆里丁兆冬的脸逗笑般露出恬静的表情继续说，"对，他虽然讨厌我可是从来没骂过我，因为他只有我了。他怕我会跑，我不会的，他就算打我，我也不会跑的，我也只有他了。"

"江子芸呢？你说过你们是一起长大的。"

"我们和芸芸感情很好，但是她和我们不一样。"他的呼吸均匀而平稳，语气里流露出毫不遮掩的羡慕，"她很幸运，她的父母因为探亲都没有去上班。"

我贴上去亲了亲他。

他回应了我之后继续说："我和兆冬哥，待过好几户人家。最开始很多人想收留我们，后来又不想要了，所以我们曾经住过好久的福利院，最后是芸芸家里留下了我们，叔叔阿姨对我们特别好，我们和芸芸就像是亲兄妹。"

"所以你们现在一起工作，从来没分开过？"

"没有……我们没有在芸芸家里住太久，兆冬哥不喜欢寄人篱下的感觉，我们很早就自己挣钱搬出去了。"一直平静述说的禾仁康突然面露难色，讲话吞吐起来，"我们去了深圳、广州，有了钱以后兆冬哥就回来创业……那段日子我们过得很惨，宁可去死也不想再来一次……"

"都过去了，现在很好。"我摸他的后脑勺，轻声哄，"没事了，以后只会越来越好。"说罢又亲了亲他。

他笑了："再多亲几次。"

禾仁康追着我亲吻直把我推回到床上，康康跳上来围在他脚边打转，被干扰了注意力的他边用脚把它扒拉开边哄："一边去，爸爸正在忙。"结果，康康从床沿滑落时一声嗷叫伸长了猫爪抓着他的小腿落下去，疼得他也"嗷"的一声，把我给乐坏了。

"唉，小姑娘太没良心啦！"他边抹着眼泪边对我动手动脚，"身残志坚！我就是挂着点滴也不会放过你……"

我忙把床底路过的康康重新捞回来，挡在身前说："咬他！臭流氓。"

岂料康康真的见义勇为地冲他凶巴巴地哈气，更叫我笑得停不下来。

作案失败的他沮丧地把猫抱开以后栽倒在我怀里，边用手指玩弄我的手边说："康康是我养的第二只猫，第一只跑了，我跑遍了整条街也没找到它。在这世上有很多事情我都想不明白，要知道我对它那么好，怎么可以说走就走。"他缓了一会儿后凝视着我说，"失去了很多次以后，我才终于懂得了失去是人生的常态。"

"是啊。"我被他的伤感渲染，也掏出了心里话，"其实这世上没有什么东西会真正属于我们，生不带来，死不带去。"

"可是我想要。至少有一个人，哪怕不是人，只是有血有肉，摸起来温暖的生命，是需要我存在的，是可以告诉我其实我也有可以回去的地方。你是我的吗？是不会逃走的吗？是谁也抢不走的吗？丁兆冬不需要我，我不懂，他就算只有自己一个人也从来不会害怕，他不需要任何人。你是非我不可吗？"

"别的我不敢担保，但是我肯定是你的，真的。"我们的手脚紧紧缠在一起。

太好了啊！我抱着在怀里睡过去的禾仁康想，我的人生尘埃落定了。

我需要他，他也需要我——

我们像是被设计过般契合，我甚至忍不住要感恩他曾经遭遇的磨难，所以他才会这么渴求我的需要——好满足，真的好满足。

我被填满了，前所未有的。感觉自己从一个空有骨架的机械人终于饱满到长出了人类的心脏。

- 06 -

隔天正午醒来的时候我看见禾仁康正在床边画画，我和他说话也不搭理，所以我就趴在床边欣赏了一会儿他专注的侧颜，然后起床喂了猫、做了饭，我吃饱后，端着饭坐在他身边一口一口喂他。

如同他自己说的，只要他还活着没有缺胳膊少腿，无论天灾人祸也阻断不了他画画，所以我就眼睁睁看着他一分一秒也不停歇地铺着色块，当我入睡时他还在画，在我醒来时也还在画，色块渐渐形成了女人的轮廓。

我也不打扰他，在喂猫、做饭、一口口喂他之外的时间就抱着一堆白纸铺在旁边乱涂乱画。

有时他会突然察觉到我的存在，伸手像是捞起一只猫般拦腰把我抱到眼前，撞倒了画架，他俯身抱着我或是让我骑在他身上同时继续画画。

我的胸口紧贴着他的胸口，闭上眼细细分辨两个人的心跳声从错落直至合拍。我仰脸搂着他的脖子，睁开眼看透明天花板外碎星遍布的夜空，真觉得这一时就是一生也不遗憾了。

一周后的早晨，我睁开眼看到了那一幅完成的画，它被隆重地摆在落地窗前，两侧被海风卷动的窗帘像是在朝它鞠躬的司仪。

双手抱着我的禾仁康从身后亲吻了我的耳朵说："名字就叫《爱惜》了，喜欢吗？"

画上是一个女人悬浮在空中抱着一颗星球，她身上的光芒比身后的万千星辰都要明亮。我看得出神，既觉得自己配不上这幅画又矛盾地觉得我也有这么明亮。

"这只是一幅画，不会永远属于我……"他说。

"但我是。"我转过身捧起他的手并虔诚地亲吻沾满颜料的手指。

他的面孔突然神经质地一颤，接着凶猛地压上来咬我的脖子，又一次以掺杂疼痛的方式与我相拥。我意识到在面对他的激烈时，我是被渴求的，所以是最明亮的。

我们离开这栋房子时，他把《爱惜》留在了正中央的林木之间，他说这一幅画的意义非凡，他不想让任何人知道它的存在更不想被人拿去交易。

我舍不得的并不是这幅画，而是这一切都让我恋恋不舍。当车子启动时，我看着渐渐脱离视野的房子想，可能我的灵魂里有一小片被留在里面了。

吃饭，拥吻，画画，纯粹而原始，明明是退化的迹象，我却感到太幸福了，甚至有满腔恐惧在蔓延，我害怕今后的人生里再也不会得到这么透亮极致的幸福了。

这样的幸福能持续就好了，如果不能，我抱着正压在许雯雯身上的南冰边笑边想，那不如让我失忆好了，因为我已经尝过了甜头，再也吃不了苦了。

第十二章
chapter - 12

- 01 -

在旅途中我画了一个名字叫《爱瓶子空心兽》的童话，不同于《云踪瑰迹》的精心编排，这是一个随口胡诌又一气呵成的故事，灵感迸发的时候有些像爱上禾仁康的过程，身不由己、天马行空、兵临城下、瓜熟蒂落。

我们依赖房车进行了为期三十一天的旅行，我的"小怪兽"诞生于一个狂风暴雨的夜晚，完成于一个天空悬挂彩虹的雨后正午，禾仁康算得上是它的爸爸，因为是他劝诱我起笔了这个奇怪的故事。

那天夜里我们的车停在一条坡道上，暴雨来得太突然了，密集成串地打在车顶上仿佛立即要把钢板打穿。眼见车窗外漆黑如深海五千米，我们像是被孤立在世界之外，耳中能听见的只有轰轰轰的风雨咆哮声，叫我忍不住想起山体滑坡、洪水滔天的恐怖画面。

"这不算什么。"光脚靠在卧室门边看着我的禾仁康却显得悠然自得，他轻轻摇晃着手里的汽水瓶说，"我见过一场海啸……"

"没看过你的微笑……"我下意识地哼唱着接上一句话。

他一怔后笑着唱了起来："我捕捉过一只飞鸟，没摸过你的羽毛。"

然后我们把王菲的《新房客》就着电闪雷鸣声做背景音唱了一遍，我们相拥接吻，即使车身在暴风中震颤也不再叫我害怕。

玩闹中，禾仁康看见我压在身下的画稿，支起上半身去边够边说："给我看看你的画。"

"不要，只是草稿——"这些涂鸦是我的新作构思，粗糙得如同杂乱的毛坯房般羞于见人，"哎！抢劫啊。"

他夺过去哗啦啦地浏览了一会儿后，只半分钟就把整沓纸当废品般扔在了地上说："这个不好。"对我晃了晃唯独留下的一张画稿说，"这个好。"

我有些生气地趴在床边伸手去捡那些画稿，说："大画家，我和你不一样，以我的画技达不到一张画换一栋房，我主要是以画故事绘本谋生。"

他阻止我的动作，再次抖了抖手里的画真诚地说："那就画这个呀。"

画上是一只浑身是毛的圆滚滚的怪兽，它倒三角的双眼看起来很凶，也透着一股浑然天成的呆，大嘴巴里是一圈细密的獠牙——只是我随手画着玩儿的——因为画了好几幅容貌精致、服装时尚的都市俊男美女有些倦了，所以为了换换心情才创作了一只无名怪兽。说创作也不对，它更像是当我回过神来才发现自己不小心从街上抱回家的流浪动物。

- 02 -

"有一只怪兽爱上了……呃，一瓶汽水。"我躺在床上四处张望，以跃入视角的第一物体决定了角色——放在窗沿柜上的玻璃瓶汽水——"橙子口味的"。

"好哇！"禾仁康的眼底闪烁着孩子气的期待。

他逼着我以毛绒怪兽的形象创作一个故事，自觉想象力并不出众的我看他这么兴奋的模样只好硬着头皮瞎掰："它们最初相遇的时候，怪兽脸红了，但是它没有心，所以它不知道自己爱上了汽水。它对汽水说：'我讨厌喝汽水，但是喜欢橙子的气味，所以你在我身边是很安全的。'那之后它们一起旅行，怪兽吓跑了所有企图接近它们的人，因为它以为那些人想要喝掉汽水。"

"汽水也爱怪兽吗？"

"不爱，汽水觉得怪兽很烦，它阻碍了它交朋友。它叫它滚开，不要再跟着自己，或是让它可以远远地离开它，永远也不要见面。怪兽当然不肯，它张着大大的嘴很着急地说：'不行，我们必须永远在一起。'听了这话，汽水恍然大悟地问：'天哪，难道你爱上我了吗？'怪兽说：'如果爱指的是我们在一起，那是的，我爱你。'于是，呃……"我的灵感碰了壁，苦恼地挠了挠头后像许多大人一样给了小孩一个敷衍却也喜闻乐见的结局，"然后它们幸福地一起生活下去。"

可惜已经不是孩子的禾仁康完全不买我的账，他皱起眉说道："不可能，不爱就是不爱，怪兽感动不了汽水。"

我叹口气说："没电了，我要睡觉。"

他像猫一样钻进我怀里抬脸亲了亲我的下巴，然后小鸡啄米般不断亲我的嘴说："充电。"

"好了好了，哎，那汽水说，它说……"我笑着推他，一字一顿慢慢地编出台词，"我不爱你，因为你不是人类，只有人类才懂爱，你对我的爱只是错觉。我不爱你，还因为我只是一瓶汽水。"

"然后怪兽生气了吗？"

"对，因为它有长剑般的利爪和铠甲般的毛发，它认为强壮的自己要比脆弱的人类厉害太多了。它不屑地说：'那我就去吃几个人，在肚子里放上满满的爱再来爱你。'就这样，它离开自己长大的湖边树林，前往人类居住的小镇。"

"吃到人了吗？"

"没有。当它企图靠近人群时就被他们合力打跑了，最后浑身是伤的它躲在树林里时倒是遇见了一个落单的小女孩儿，可是它已经没有力气吃她了，好在这个穿红裙子的小女孩儿很温柔地照顾它，要不然它真可能会这么死掉。"

"小女孩儿是爱上它了吗？"

"是的，小女孩儿对怪兽说：'爱就是想要对你好，想要把你想要的都给你。'怪兽说：'我想要吃掉你。'然后已经康复的怪兽很开心地吃掉了她。"我张开嘴做"嗷呜"一口吞下的样子继续说，"现在怪兽肚子里有满满的爱了，它可以去爱汽水了。这个时候的汽水正被一个穿背带裤的男孩儿从冰箱里拿出来放在桌子上，它的身体被冻得太久了，结了一层雪白的冰霜。"

"汽水爱上了这个小男孩儿。"禾仁康肯定地说。

"也许吧，总之怪兽终于可以和汽水……"

"不会的，汽水不会和怪兽在一起，它爱上了小男孩儿，想要被他喝掉。"

知道一定会被他打断，我伤脑筋地一只手支撑起后脑勺，一只手扶着额头，绞尽脑汁地想出一个合理的结局为故事画上句号："怪兽躲在窗外对汽水说：'我已经懂得爱了，现在带你走。'可是汽水以死相挟，它宁可从桌上摔下去粉身碎骨也不想离开男孩儿。怪兽哭了起来，它眼睁睁看着汽水心甘情愿地死去，然后它伤心地剖开了自己的肚子，唤醒了差点儿死在它腹中的小女孩儿。怪兽在临死之前对小女孩儿说：'现在我懂得爱了。'于是——全书完。"

"我喜欢这个故事，画出来吧。"

"可是太悲伤了吧？"我质疑地问。

他翻身骑在我身上说："爱本来就是悲伤的啊。"

也许是倾盆的雨声与虚弱的光线揉开了我骨子里浓郁的消极，才会以为他的声音和表情都好悲伤。

- 03 -

回到阔别已久的家的时候，一个我不认识的女人正在客厅里做瑜伽，我以为自己走错了门，忙边道歉边关上门后看了眼门牌，然后再看了眼手里拿的钥匙——就因为我很久没回来，所以南冰她们擅自追加了一名室友——想到这种被她俩排挤在外的可能性，我立即掏出手机来拨打南冰的电话准备大发雷霆。

"冰冰！你的手机响了！"

许雯雯的叫声与我只有一门之隔，可是刚才并没有在客厅里见到她。

接着是南冰从卧室里走出来的脚步声，当我的听筒里传来她的一声"艾希"时，也同时传来了许雯雯的声音："也不晓得她搞什么鬼，刚才进了门又出去了。"

我"啊"一声尖叫，恍然大悟地打开门指着地板上的女人喊："许！雯！雯！"

"到！"她先是举起手报到，然后翻了个白眼，"见鬼了你？见过这么童颜巨乳的鬼吗？有病麻烦吃药。"

南冰坐在沙发上时顺手剥了茶几上的一根香蕉，对我冷着脸说道："哟，小浪蹄子，还记得有家要回啊？"

"哎！你怎么吃我的晚饭呀你！"不像许雯雯的许雯雯转脸冲南冰叫起来。

南冰若无其事地说："你晚饭不是苹果吗？"

许雯雯急得说话都忘了标点符号："我三餐吃苹果都他妈吃一周了今晚给自己加个餐也就一根香蕉不行吗？我这日子过得比埃塞俄比亚难民都不如啊！"

"不得了啊，你还知道埃塞俄比亚。"南冰惊讶地说，"你整容的时候叫医生买一赠一给你大脑再开发了，还是因为节食把脑子里的空气都给饿出去了？"

我跪坐在许雯雯身前，怀抱着学术精神细细研究眼前这个鼻子——这个鬼斧神工、高山流水的鼻子——平地惊雷般遗世而独立地耸立在许雯雯这张标准亚洲人骨骼的脸庞正中央，远远看一眼就知道是假的，但凡是个姑娘就知道是假的，直男倒不一定能分辨，毕竟他们连这世上有双眼皮贴都不知道，但是——有个但是，这从眉心就开始凸起的山根使得许雯雯天生外凸的眼眶也不那么抢眼了，尤其和之前割的欧式双眼皮简直搭配得天衣无缝。

如果说素颜的南冰是满分美女，现在的许雯雯化个浓妆估计也能得个七八分，而在直男那儿就是妥妥的九分女神，毕竟她还瘦了不少，胸围显得更为宏伟。

"你这么快就把鼻子做好了？"

见我动手要摸，她忙把头偏到一边叫道："别动！四万五呢。"

"我们都摸不起了。"南冰在旁边笑，"记住以后打她别打脸。"

我忍不住慨叹道："挺好看的，要是这额头再高点儿，眼窝再深点儿，下巴再尖点儿，然后打两针瘦脸针，再上三个疗程的美白……我的天！你再染个金发就是演《贱女孩》的那个阿曼达！还有那个《悲惨世界》你看过吗？"

"我还想抽脂呢，这不是没钱嘛。"她哀怨地叹口气，"哪像冰冰傍上了大款，这就要当老板娘了。"

"傍个屁的大款。"南冰吃完了香蕉，正拿纸巾擦手，横躺在沙发上伸脚踢许雯雯的后背，同时向我解释，"李鸽是女的，我和她是纯洁的搭档关系。"

"解释就是掩饰，这年头女女关系也不纯洁了……"许雯雯也冲着我说，"黑框眼镜、单边耳钉，张口就是'我是李哥'。那女的绝对是 T，和男人有差别吗？"接着她转过脸对南冰斩钉截铁地说，"她九成九是看上你了，要不然就是看你没胸当你是个娘炮至极的男人，刚巧和她阴阳互补。"

不等南冰抬脚踹在许雯雯脸上，我已经开始做出泫然欲泣状对她哭诉："负心汉，睡了我这么久，你终于开窍要搞拉拉竟然不是和我？"

南冰刚张开嘴要配合我的演技为自己的"出轨"辩解一番时，就被许雯雯打断了。"搞笑，冰冰要睡女人那也得睡女人中的女人，轮得上你吗？"她双手捧住自己的一对豪乳，得意扬扬地向我示威，"都说缺什么想什么，人家这里才有她想要的东西。"

南冰向她扑过去道："我现在就来试试你这鼻子够不够结实。"

"因爱生恨！"许雯雯一声尖叫，跳起来逃跑。

"放着我来。"我忙跳起来向南冰邀功，"看我把她胸切了给你贴上！"

南冰一个急刹车转弯就过来扑我了，然后我们就像往常一样混战，脱衣扒裤的，浪叫连连，高潮迭起，不堪入目，像三只打了兴奋剂的母猴子。

黄昏的光线不刺眼，不烫手，是一天中最温柔的时刻，所以我看南冰和许雯雯的眼神都泛着化不开的慈祥母爱。真喜欢她俩啊！喜欢到情愿把我现在感受到的幸福均分给她们。

有爱人，有朋友，有想要去的前方，有可以回头的归宿，诸事妥帖，波澜不惊，现在应该是我人生中最幸福的时光了。

这样的幸福能持续就好了，如果不能，我抱着正压在许雯雯身上的南冰边笑边想，那不如让我失忆好了，因为我已经尝过了甜头，再也吃不了苦了。

-04-

还以为和丁兆冬见面的时候会被他处以叫天天不应叫地地不灵的刑罚，因为在与禾仁康浪荡的那些日子里，他找过我三次都被我以并不高明的谎言推脱，一次痛经，一次是远房亲戚病危，还有一次急中生智说陪许雯雯打胎，回家后我因为心虚请她喝了一杯咖啡。

结果丁兆冬竟然没生气，枉费我把南冰的电话设置成紧急拨号，全程战战兢兢地为他做饭。这人今天心情甚至有些出奇地好，偶尔还能听见他以很轻的鼻音哼着旋律。

丁兆冬对正站在洗碗槽边撸起袖子的我说："碗放着别洗了，坐这儿，我有话和你说。"

该来的还是要来了？我的后背一阵战栗，但还是故作镇定地转过身坐在他身边的椅子上，歪着头做无辜状："嗯？"

他明知故问："我们有一个月没见了对吗？"

"实在是脱不开身，那天你打电话过来我没接——"我立刻开始辩解，把心中早已模拟过上百遍的台词一个字儿一个字儿地吐出来，"是因为我最好的姐妹蚊子，当时她正……"

他打断我说："我想了一下，每次要配合我的时间来见面确实不太方便，所以你把这个拿着。"一张房卡被他放在我眼前，"以后不用特地联系，你自己随时可以进来等我回家，画画也好，要叫朋友来也行，想在屋里做什么都可以。"

"谢谢！"这一瞬间我脸上展露的惊喜不是假的，真没想到他会这么信任我。可能是太久没见到丁兆冬了，所以才会把他的轮廓记错成凛冽锐利的线条，此刻刚刚结束工作还穿着白衬衣，可是刘海已经凌乱贴在额前的他，肩宽腰窄的体型配上略显倦态的神色在暖光灯下看起来好柔和，像是通体皮毛散发着微光，在夜里会倚人入睡的猛兽。

"可是……"我眼神躲闪地说，"你家的钥匙，我不配拿。"

"配不配难道不该我说了算吗？"他伸手托住我的下巴，微微一笑。

"我是你的女朋友吗？"我突然发问。

他一怔："什么意思？"

"我们算是恋爱关系吗？"我抱着视死如归的心追问。

他皱起了眉头，原本轻轻捏着我下巴的手无意识地加大了力道。

禾仁康要我和丁兆冬分手，我答应他了——当时冲昏了头，爱情这味甜腻的毒把我脑子也给灌坏了——竟使我忘记了自己的身份、自己的处境，是一丝一毫也没资格对禾仁康做出承诺，与丁兆冬公平谈判的。

可是我也不甘心把自己与丁兆冬之间达成不堪交易的来龙去脉向禾仁康诚实地交代——说不出口——家庭不睦、奔波流离、大学辍学、生活窘迫的这么一个我，只要五十万便快马加鞭地把自己卖了。

对禾仁康说不出口啊——仿佛青楼女子在有意欺骗一位恩客的感情，暗示他出钱替自己赎身似的。

我知道自己和他之间的身份是悬殊的，可是我不想让他意识到这个差距。

空气已经有些凝结了，我还是不怕死地自己下了定论，"我想我们应该不是恋爱关系。"

他收回手，冷笑着肯定："供需关系。"

"所以，我可以谈恋爱？"

此话一出，丁兆冬的眼里杀气纵横，要是换成子弹，我现在已经面目全非了，能双眼逞强地迎上这扫射，全靠精神支柱禾仁康。我双手在桌面下握紧，仿佛祷告般希望自己能活着走出这间房子。

"哦？你谈恋爱了。"身体后仰的丁兆冬双手架在胸前，半张脸隐没在光影里，唯有双眼还在闪烁着两簇阴冷的光，"是谁？"

"是谁都没关系吧，我们之间的'供需关系'好像并不涉及我的隐私？"

"我偏要知道呢？"他的身体前倾，脸从阴影中浮现，微笑中带着不容辩驳的威胁意味。

我深吸一口气说："禾仁康。"应该没有关系吧，毕竟禾仁康也说了要我对丁兆冬照实坦白就好。

至少一分钟饱含信息的沉默在我们之间借着空气来回传递，丁兆冬似乎没有太大反应。正在我紧绷的神经稍稍松懈时，他突然爆发出一阵狂笑。

"竟然是康儿！"他笑得前仰后合，身下的椅子因为剧烈摇晃而发出咯吱咯吱的摩擦地板声，"你知道他以前做过什么吗？"他突然止住笑，盯着我以讥讽语气道，"你对他了解多少？知道我们当初流落街头时都干过什么吗？"

"我不需要知道他的过去。"我被他吓到了。丁兆冬一直是一个言行稳定如磐石的人，我只能通过他近乎面瘫的脸上细微的表情变化来分辨情绪，至今以来从没见过他的举止如此大张旗鼓。我的声线已经有些抖动，但还是坚持顽抗这个人大军压境般的侵略气场："我爱的是现在我认识的禾仁康，我和他是……"

"砰！"的一声震响，丁兆冬的手掌凶狠地拍在桌上打断了我的宣言。

我的双肩条件反射地耸起但立即又强行垮下来，我不能在这一刻示弱。只要我占理就能攻下这一场战役："我只是想告诉你，我和禾仁康正在恋爱。"

"你不要得寸进尺。"他太阳穴上的青筋在明显地跳动，"脱衣服。"

"……"

"马上脱光，跪下。"他的笑容寒意四溢，"对，我不和你玩什么恋爱游戏，但我买了你是事实。你要和谁谈恋爱，我确实管不着，但是我们有契约关系，不是吗？还是说你现在有钱还我了？"

- 05 -

丁兆冬的体温从我后背上脱离时："别忘了，你不过是我花钱买的一条母狗。"他的声音像是宣布判决般在我头顶响起:"别蹬鼻子上脸。"

下体凉飕飕的,大腿根火辣辣的,但我没有哭,因为现在承受的这一切不都是理所当然的吗?身体已经卖了,而我的爱情要给禾仁康。

有着奴隶自觉的我在丁兆冬下达命令时,已经一脸漠然地站起来脱衣服了,反正也不是什么清纯玉女,没必要再装模作样地扭捏。

皮肤上干涩的疼痛使我的注意力七零八落,并不能很好地去体会屈辱的滋味,倒是叫我全神贯注地想起了禾仁康,我好想他,想他嘴唇上的痣,想他黑色背心里的锁骨,想他握着我的手教我画画时的食指关节。

发泄完的丁兆冬拉过椅子坐在我身后,抬脚踩在我右边的大腿上长舒一口气后语气轻蔑地说:"算了,其实我欠康儿不少,就当被他偷去玩玩。"

我挣扎着蠕动双腿企图站起来,他立即又弹了起来从身后压下来,附在我耳边说:"记好了,艾希,我从小就讨厌分享,你是我的东西,就是把你玩烂了我也不会给别人。"他在我脖子上留下了吻痕,同时以粗鲁的手劲揉乱我的头发,"你想逃?走多远,我也要让你记得我是你的主人。"

我会一次又一次地将自己粘好，所以再彻底一些，在那之后——
在所有最坏的过去之后，会有最好的留给大难不死的我。

第十三章
chapter - 13

- 01 -

一个人因为从来没有吃过甜，所以才不知道自己正在吃苦。

和禾仁康在一起后我才意识到原来以前的我活得那么身不由己，是
在吃苦啊，不过也没关系了，现在的我已经苦尽甘来——

会这么想，真的是甜到麻木，腻至愚蠢——我忘了人生这场马拉松，
不到终点不会谢幕，怎么可能日日夜夜都那么顺遂如意？又不是一部低
幼的卡通。在如今这越发现实的世界里，即便是给孩子看的故事也有千
帆历尽之后天翻地覆的续集，王子打败恶龙后没有成为国王，公主长大
成人后又遭遇丧母。

被丁兆冬凌辱了一夜的我只想要见到禾仁康，按门铃时还在恍恍惚
惚地发笑，想着他会抱我吗？我想把下巴压在他的肩上哭，他会哄我吗？
他一定会老气横秋又慌里慌张地举起双手说："小姑娘，别哭，你吓到
我了。"

他也可能会默不作声地舔去我的眼泪，又或许他会难得生气地问我："怎么了，有人欺负你了？我去打他。"

我怎么也想不到他会打我。

当禾仁康面部发颤、四肢抖动时，我以为他要哭，结果却是扬手一个巴掌打在我脸上，力气之大直叫我跌倒在地。在嗡嗡的耳鸣声中，我还没来得及整理眼睛里天花乱坠的火星子，下一个巴掌又来了。

他骑在我身上像是在打一个沙袋，以哭腔嘶叫着："你还是他的！你不是答应我要和他分手吗？骗子！你们都是骗子！"

在头昏脑涨中我使劲回想自己不对的地方，当他问我有没有和丁兆冬分手时，是不是我不应该躲闪又嗫嚅地说："事情很复杂……"

即使今天热得叫人想扒皮，我是不是也应该戴上围巾，而不是试图用长发遮掩吻痕，结果被他发现时，轻易就撕裂了他作为一个男人的自尊心。

是我的错吗？当然是啊！

爱上禾仁康是错。

哀求丁兆冬是错。

成为艾曲生的女儿更是错。

全部都是我的错啊，不聪明也不圆滑，不坚强也不果断，从出生就开始错。

"为什么啊为什么要和我抢？为什么不能全部属于我？我也没有想要很多啊！我什么都没有！"禾仁康突然仰面痛哭，他双手抱着头像是在战场上被弹片狠狠击穿般厉声惨叫，"为什么？太坏了，你们对我太坏了。"

我不知是吓蒙了还是疼傻了，这会儿也没顾上逃命，还在关心他是不是中了邪，要么是脑子里生了肿瘤压迫了神经才发了疯。我颤抖地伸手轻轻拽了拽他的衣角。

他垂头看我时，眼珠子像是被投掷了石块的湖面般虚晃乱颤，滚烫的眼泪如瀑般砸下来，仿佛给被打肿了的我用热水洗了个脸。

他是真的很伤心，因为我和别的男人睡觉。一念及此，我立刻为他的暴力辩护，都怪我不是好女人——"对不起，对不起……"——已经鼻青脸肿的我，身为人的尊严也被乱拳击溃，恨不能以死谢罪，泪流满面地一遍又一遍向他道歉，"是我的错，对不起。"

禾仁康的瞳孔再次聚焦，像是瞎子再见阳光般地定睛看着我，狂躁不安的神色一瞬间柔和下来，仿佛附身于他的鬼怪终于烟消云散。"对不起！对不起！"他双手举在空中，语无伦次地道歉，"艾希，我，我没想要变成这样。我错了，你千万不要离开我。我只是不想把你让给任何人，不想把你分给丁兆冬啊。"

我捂着嘴无声地哭，并不是委屈，而是因为再见到正常的他，竟觉久别重逢。

他的身体散了架般压在我身上，抱着我边流泪边亲吻，语气真诚地乞求："不要再让他碰你好不好？我只是想要你只属于我。对不起……别离开我。"

"我是属于你的啊。"我抱住他承诺，"我不会走。对不起。"

"对不起……"

"对不起……"

我们相互道歉，一直道歉。

对不起……

我对不起你，我更对不起我自己。

我应该要逃的，可是我没有，我竟然还在拥抱你。

我真的对不起我自己。

- 02 -

在离开禾仁康的家时，我没走出多远就打电话给南冰。经历过这么多事情后我也丝毫没有长进，无论是被蚊子叮了还是被男朋友打了，总是第一个想到南冰，要是在出生前就认识了她，我恨不能来到人间张口哭的第一声也只给她听。

电话并没有第一时间被接起来，南冰的声音响起来时有些迟疑，对面很安静，她从一开始压低声音很柔和地询问："喂？艾希，我现在不方便。"到终于不耐烦地暴喝也就经过了半分钟，"别他妈哭了，告诉我你在哪儿？"

南冰从人海里朝我大步走来时真有种偶像剧女二的感觉。她不会是女一，因为她不是傻白甜，也没有懵懂而纯情的美貌，她扮演不了公主，她的美是气势汹汹又排山倒海的，犹如一个蛇蝎心肠的皇后杀死了全国的处女，用她们的鲜血泡澡才得以维持的那种含毒的美。

"你怎么穿成这样？"我笑着打量她，白色衬衫、黑色 A 字裙配上脚下十厘米高的高跟鞋，"跟要去面试似的。"

"不愧是我的宝宝，真聪明。"南冰微笑着捧起我的脸，然后瞬间横眉怒目道，"老娘就是在面试啊！"

"咦——"我发出好像猫被踩到尾巴的声音，"对不起。"

"你掉井里了？撞电瓶车了？遇上打劫的了？"南冰顾不上教训我，瞪着眼冲我杀气腾腾地叫道，"哪个王八蛋打的你？我叫他断子绝孙！"

我可能是真的被打傻了，面对她的关心突然"嘿嘿"傻笑起来，仿佛挨的打也回了本，一切的苦痛只为换一个愿意为我杀人的她。

"笑你妈！智商都打没了吗你？"南冰火气大得能空手拆房子，可是她摸着我脸的手却在微微发颤，力气柔得像是在捧着一汪水，"快说，是谁，丁兆冬？老娘要找一个装修大队把他吊起来打够三百六十五天。"

我按着她的双手仿佛怕她真要举刀似的说："是禾仁康。"

南冰也没想到把我打成猪头的是文弱美男子，因为丁兆冬才是长着一张杀人如麻的凶手脸，禾仁康应该是柔情似水给女朋友跪着洗脚的妻管严。她深吸一口气迟疑地"啊"了一声，才恨铁不成钢地怒道："你有没有出息？第一下就应该抬腿踢爆他的蛋啊。报警了吗？你们还没结婚呢就预告家暴了，打人可是犯法的。"

"我没有出息。"我撇撇嘴，忍着眼泪说，"这次是我不对。"

"别给我演圣母白莲花了，生活不是电影，会打第一次以后就不会停，你流血流泪也感动不了一个变态。你是'嫁给大山的女人'吗？越打越服气，恨不能生对双胞胎，母子三人轮换着给施暴者当沙袋？怕他打起来没新鲜感是吧？"南冰怒气冲冲地拉着我的手往马路边拽，"走，不把他三条腿打断就是我们没尽到能顶半边天的责任，今天要是打死了他算是为女除害——"

"别，别，你不懂，你不知道我和他之间的事情，是我做了错事。"为了抵抗这个力大无穷的女野人，我整个身体都缩起来蹲在地上，要不是手臂被拉拽着，就要当着来来往往的人群抱着她的腿哀求了。

"能别犯贱吗？你只是谈个恋爱，不是要为国捐躯。你是一个人，不是一条狗，你有手有脚，管自己吃喝拉撒，凭什么让另一个人奴役你欺负你，甚至评判你是对是错？你杀人放火了那也轮不到他做正义的法官，有资格伤害你身体的只有你自己。"她劈头盖脸地嫌弃我，几度扬起手似要打我又垂下，"你要这么喜欢挨打，我关起门来天天打你，哪里轮得到外人动手！好歹我下手有轻重，不会把你打死了让你后悔也来不及。"

"难道你就不会吗？明明有强烈的直觉这样不对、这样不好、这样下去死路一条，可是你还是舍不得，你极力想往前走，可是身体却在后退——"

南冰为我的嘶叫怔了三秒后并不买账，她用力拉起我来道："起来，你站起来。"同时扯我的包，"打电话给他，立刻分手！"

"道理我都懂，可我就是犯贱！我就是爱他，我做不了主。"我英勇就义般梗着脖子，双手张牙舞爪地挥拍着她的手，伸长了胳膊企图拥抱她，"你就不能抱抱我，哄哄我吗？我好累，就想要你抱抱，求你了。"

三元桥地铁站入口人潮汹涌，背着黑色电脑包的IT男、挎着高仿包的女文员、挽起裤脚戴着工地安全帽的民工、拉着蓝色小推车装食材的老人家……形形色色的人们来去匆匆，他们中有些人会好奇地瞟我一眼却不停留，像是被交代了命运走势般闷头朝前跑，生怕一个走神便被他人夺走了自己的位置。

几年前的朝阳区还被我们取笑是个城乡结合部，四处是罩着绿网的脚手架，机械残肢般高高扬起的起重机。橙色外墙流线体的大悦城耸立在漫天黄沙中，与山沟般荒凉的周边形成了如魔似幻的对比，当我们一行人来玩时，商场里冷清得仿佛风水不好，现如今即使是周二上午进来也是人满为患，经过开发后，林立高楼之中已经见不到破破烂烂的平房，而房价也飙到了六七万。

一切都在变，四处都是人，无论是朝阳区还是整个北京城，成千上万的人路过我以迎面而来或擦肩而过的姿势，他们或许对我有些好感又或许对我没来由地厌恶，而我想要爱的人也已经从杨牧央变成了禾仁康。

南冰却还是南冰，当我们在摸索着修正自己的人生方向时，她却像是打一出生就被神给予了不可修改的出厂设置，因为比起摸爬滚打的我们，她已经足够完美。她在诱惑里永远不会朝三暮四，她在迷雾里永远不会自怨自艾，她在人海茫茫里永远只对我束手无策。

"你要找死别告诉我。"南冰终于屈服，拥抱的动作虽然有半秒钟不甘心余下的却又全是温柔，语气虽然凶巴巴的却又泛滥着藏不住的忧心，"你就知道折磨真正心疼你的人。"

嗯，也许我是故意的，只有让你疼才会让我感到安心。

只有南冰——换了谁都不行——只有她痛心疾首地骂我时可以让我感到不孤独。

我还是有救的，只要她不放弃我，那我再横冲直撞也不会因为失血过多而死。

- 03 -

因为我不愿意去诊所，所以南冰坚持要陪我回家上药，路上在药房买了一袋子跌打擦伤外敷内用的瓶瓶罐罐，她本来有四场面试也只好推迟了："本来今天不到八点是回不来家的，这倒好，全给你搞砸了，都怪你瞎了眼爱上个变态……"

我愧疚地跟在她身后上楼，小心翼翼地问："不是下午还有一场可以去吗？"

她一声冷笑把走廊里的感应灯都点亮了。"蝴蝶效应你懂吗？我都气成这样了还能给人家好脸色吗？不搞屠杀就够克制了。要是哪天我犯了事儿进了局子，那也都怪你谈恋爱不长眼——全是因果——你就是甩他八百遍也改变不了既成事实。"她翻着白眼冲我道，"趁着悲剧还没酿成，你麻溜儿地跟他分手！"

我低着头没说话，双手委屈地拢在一起。

"你要是还没挨打上瘾，等下就去报个跆拳道班，算我求你了，傻妞儿。"她走到门前边掏钥匙边说，"别逼我从此以后监控你的全部约会行程乃至床事，我可不想哪天突然听说你躺在急救病房里。"

我们进门那瞬间就感觉气氛不对——可以说是女人的直觉，还是双倍加强版——果然在我们的卧室里有不应该存在的声音传来，是许雯雯一连串甜得拉丝的笑声，里面竟然夹杂着难得的少女傻气，有些纯，有些慌，有些不像她。

要出事！我像一条忠犬般出于护主本能地伸手扯住了南冰的包。快逃！不是地震就是海啸。我仿佛已经看见鲜血淋漓的她坐在废墟里哭泣。

可是她眼睛眨也不眨地盯着卧室门，麻利地卸下包也要挣脱我，牵线木偶般没了神志地走向自己最混沌的噩梦。

她也察觉了，前面就是刀山火海。

"你在笑什么？"

"因为我梦想成真了……"

"现在你就是在梦里，明天醒来全忘了。"

"人家才忘不了，就是南冰要杀了我也忘不了……舍不得。"

"她不会杀你，她是她，我是我，她管不着我的，她也已经不想管我了。"

——和许雯雯在轻松说笑的人是向海。

并不是朋友之间插科打诨的语气，两性荷尔蒙像是名为暧昧的香水在空气中爆炸，呛人的火花满屋蔓延，仿佛稍微锋利的指尖在空中扬手一划就能引起一场重大火情。

在南冰伸出手推门的那一瞬间，我依然试图阻止她："南冰！"我尖叫着，如同拉响了警报。

- 04 -

向海裸着上身，许雯雯仅仅穿着内衣，俩人正一上一下躺在床上。我们面面相觑时的震惊与沉默十足地荒诞好笑，假如有荧幕外的观众，他们现在应该"扑哧"一声轻轻地笑了，同时往嘴里扒拉一口饭，或是低头继续玩着手机，该干吗干吗，可怜我们这些戏中人，身在水深火热里想逃出生天却是走投无路。

向海犹如被点着了尾巴般从床上一跃而起，许雯雯反应要慢一些，她惊恐地张着嘴半晌才合上，慢腾腾地站起来后，突然被向海掐住脖子暴喝："你不是说她晚上才回来吗？你设计我！"

这个长不大的男孩儿幼稚得近乎于傻，第一时间把错误推卸给别人像是拿着刀站在凶案现场指着路过的野猫。我禁不住有些同情他，多亏老天爷给了他这张叫女人丧失理智的脸，还有穿衣显瘦脱衣有肉的无敌好身材，不然以他的小学生智商，估计是不会有朋友了只能孤独终老。

果然许雯雯也忍不住发出了冷笑，指甲在他的手背上胡乱抓。"放开！"她说，"别装无辜，好像我给你下了药似的。你和我都是成年男女、未婚未娶，你怕个屁！"说完，她斜睨一眼南冰，神情难堪之余更多的是得意，"你说对不对？"

没等南冰反应，向海已经被刺激得要掐死许雯雯了，却是南冰冷冷地命令道："你放手，难看死了。"

被松开的许雯雯捂着通红的脖子还在嘴硬："不需要你好心！"

"我只是看不惯男人打女人。"南冰话音未落，一巴掌狠狠扇在了嘴角还未来得及下垂的许雯雯脸上，"只有女人能打女人。"

"你……凭什么打……"

不等许雯雯说完，南冰又一巴掌甩在向海的脸上，说："不能只打她……"左手右手一换接连又是三巴掌，"我恨不能打死你。知道你一年四季都发情，可是你搞谁不好？你乐意搞到非洲去染艾滋我也不管你。脑子里进屎了，你搞我姐妹！"

张嘴欲辩的许雯雯听了这话，面上竟有一闪而过的愧色，下意识地抬手遮挡了一下胸口。我捡起她扔在地上的衣服用力甩在她胸口上，她咬着唇瞪我一眼，同时忙不迭地穿起来。

减肥后的她那对巨乳被纤腰一对比尤其色气满满，面对衣衫整齐的我和南冰，仿佛某类在线视频网站的主播不小心把自己的频道暴露给了普通公众，叫我看得直替她尴尬，似乎在这样的气氛中骂她就是欺凌她，巴不得她包严实点儿和我们对打。

向海攥着拳，低眉顺眼的委屈样子像是被罚站的小朋友。看得出来他有多紧张，耳根、脖子都涨得通红，八块腹肌的平坦小腹因为紊乱的呼吸而剧烈起伏。如果他只是在酒店里被南冰抓奸在床，就冲这副天神下凡般的皮囊，我也会忍不住为他说句话，可是他乱搞的人是许雯雯，在我们睡觉的床上——好恶心。

看着他，我只觉得胃里翻江倒海。从进门那一瞬间开始我就没转脸看一眼南冰，因为不敢看，不想知道她现在的胃里是否有千军万马火烧山河。

倒是披头散发的许雯雯首先心疼起面红耳赤的向海，她这个被美貌蒙了心的花痴全忘了刚才是谁想杀她灭口。

"你能不能放手？"许雯雯冲南冰发表了义正词严的演说，以站在聚光灯下演话剧的腔调高声朗诵着文绉绉的台词，"你根本就不打算要他了，那就放手！别再把向海当自己的所有物，还他自由。"

她真的是找死，南冰的矛头原本一直偏指向海，她这是自个儿活腻了往上撞。

"呵。"果然南冰发出一声蛇吐芯子般的冷笑，使得室内的空气瞬间凝结，"这张不知道经历了多少男人的嘴倒是挺能说啊，怎么就不自由了？我好像从头到尾也没拦着他玩女人吧？估计是全北京的小姐都轮了个遍，不然怎么轮得上你。别高兴太早，他不过是吃腻了牛排想吃臭豆腐，指不定事后上吐下泻，有多后悔呢。"

南冰不愧是有千年修为的沙漠眼镜蛇，许雯雯被迎面而来的毒汁一剑封喉，她张口结舌了至少半分钟后才从剧毒迷雾里找回了空气，顿时恼羞成怒地咆哮起来："嚯！我真是信了你的邪，前一句话还在叫我姐妹，转眼就骂我娼女不如，暴露了吧？我他妈早就知道你俩是怎么看我的了！你们就没把我当自己人，你们看不起我！真以为我喜欢听你们那些拿我发挥的笑话吗？你们就拿我当个娱乐、当个小丑，你们有什么了不起？不就是生得好看？就你们是爹妈生的？我丑我就不是人？我也没缺胳膊少腿，你们有的东西，我都可以有！我都可以抢过来——"说罢，她失心疯似的张开双手朝南冰扑了过来，可惜被敏捷的向海伸手轻松地挡了回去。

南冰的身体前后一晃似要前倾又似要昏倒，我抓住她的手腕轻轻一捏示意要替她作战，迈前一步道："长点儿心吧你！说我们不拿你当人，你倒是自重啊？明明有男朋友，出轨还能出得这么理直气壮，你以为向海是你镇得住的？你又不是不知道他和南冰什么关系……"

"你也长长心啊！以为南冰对你就没秘密吗？你头上早就芳草碧连天了。"许雯雯也许真的疯了，为了在此时杀出一条血路，她竟胡言乱语起来，"你问问她为什么丁兆冬跟我要了她的电话，指不定她已经成为你不知道的你家丁总的二奶。"

啊？丁兆冬要南冰的电话？他们背着我私下有联系吗？为什么？当我的脑子里跑过一串疑问时，南冰反手捏住了我的手腕，然后她的声音稳稳而幽幽地传来："我不会对不起你。"我立即为自己那一瞬间的犹疑感到负罪——我明明知道她对我来说是世界末日时，我若断了腿，她就不会跑的存在。

"你要是真的爱上了她，我祝福你们。"灭了许雯雯后，南冰的长枪终于指向了沉默不语的向海，"从某个角度来看，其实你们真是天生一对，交叉感染。"

"够了！南冰你他妈就是下辈子也知道我向海爱的是谁！我就是为了伤害你！"向海突然如同爆炸的高压锅，抬起手像是握着一把枪般指着南冰，因为他的吼声震天，所以眼眶里才会有泪水在轻颤，"你以为我为什么一直当着你的面换女朋友？我以为你终究有一天会舍不得，可是你没有。我每天往你的账户里打钱，以为你会动摇，可是你没有。我那天在楼顶下跪磕头求你嫁给我，我以为磕到第一百个你就会答应了，可是你没有。无论我做什么，你都不再是我的了，所以我只想狠狠地伤害你，因为你挖走了我的心，我什么也不愿意做，什么也不愿意想，我这辈子都被你毁了——"

"你够了！分明是你自己考上了大学以后不好好读书，最后闹到退学，和南冰有一毛钱关系吗？"往事一幕幕，少年时南冰那双痛不欲生的泪眼又如梦魇般笼罩我的心脏，受不了毫不知情的向海把这一切归罪于独自承受的她，我忍不住指着他骂，"你以为南冰为什么在你考上大学以后才提分手？她还不是为了你能心无旁骛地参加高考！"

"艾希！你闭嘴。"南冰突然冲我叫道。

"哈哈哈——"向海哭着狂笑，"所以我还要谢谢她为了照顾我没有在高三和我提分手吗？"他通红的双眼死死盯着南冰问，"那一切又有什么区别吗？"

"向海，你伤害我的方式就是到处睡女人？你还能更幼稚吗？只会让我越来越看不起你。"南冰抬手压下向海的手臂，语气寡淡却又掷地有声地说，"告诉你，就是你把许雯雯睡出四胞胎来，我也不会有一丝一毫的感觉，你不如直接拿刀砍我，这更能让我痛苦。"

"伤害不了你吗？"向海的表情轻浮得像是个市井痞子，可是他的眼神却又像个被主人抛弃的忠犬，他热泪盈眶地微笑道，"那如果我告诉你，我和艾希早就搞过了呢？"

我的心脏此刻被抛到了半空中，成了一个切水果游戏中被开膛破肚的西瓜，红水四溅，四分五裂。

"神经病。"南冰毫不迟疑地转过脸对我嗤笑道，"只有艾希，是绝不会对不起我……"

她嘴中吐出的话停滞在唇边，因为她看见我哆嗦的嘴唇。

"艾希？"她的瞳孔放大了。

"不是，他在胡说，那不是，那只是一个吻。"我不敢去看她，由于我的瞳孔在剧烈晃动，所以她的影像也模糊成了一摊被马蹄践踏的水，"那是一个意外！"

与此同时，许雯雯发出犹似机枪扫射般的狂笑，仿佛她站在地狱的淤泥中环顾四周，发现原来大家都在。

"我 × 你妈向海！"我头昏脑涨中选择扑到向海了身前，挥手在他的脸上乱抓乱挠，口无遮拦地尖叫，"就你最无辜就你最纯洁，全天下就你受了最了不起的伤，你他妈知不知道你那个乌龟王八蛋的爹强奸了南冰……"

许雯雯的笑声戛然而止，身在十七层地狱中的我们以为已经死无葬身之地了，却没料想一行人猝不及防地掉入了十八层地狱，同生共死，挫骨扬灰。

若不是南冰一巴掌打在我脸上，或许我还在像疯狗一样口沫横飞地狂吠。

被禾仁康打得溃烂的口腔内壁这一秒再一次破裂，浓郁呛人的血腥味立即充灌了我的喉咙甚至食道，使得我发出了一声干呕，一坨黏稠拉丝的血坠落在了地上。

"你打我?"嘴角破了的我顾不上擦拭满嘴的血,难以置信地盯着南冰自言自语,"你第一次打我……"——受到的冲击太大,我竟忘了就在刚刚自己泄露了她最大的秘密——她打我,南冰她竟然舍得打我。委屈、不甘,我的大脑碎成了粉末,每一片都歪歪扭扭地在呢喃着:你打我。

南冰转身跑了出去,我迟疑了三秒后立刻一边哭号着"对不起!南冰!对不起!"一边追了出去,而向海的呐喊声像是密密麻麻的冷箭般在身后追捕着我。

"你骗我!!!你骗我……你骗我!!!"

他的绝望化成了吞噬我的流沙。

- 05 -

"南冰,对不起!

"对不起,你相信我……

"那是一个意外,我拿我的命发毒誓我对向海没有一丝想法,对不起!

"我不是故意要说……我对不起你……求求你看着我!

"是我疯了,我是超级大傻×,我应该被天打雷劈,对不起!"

对不起,对不起!我今天似乎把一辈子的对不起都说完了,每一次张开嘴时,伤口就拉扯得更深更长,我的每一声道歉全是血肉模糊的对不起。对不起啊,南冰,只有你,只要你一句话,我可以把命给你。

穿着高跟鞋的南冰如同骑着战马奔赴黄泉般决绝,我一路奔跑着边叫边追,在她每一次穿过狭长马路时倍感恐惧,因为她的背影被疯狂扭曲搅动的绝望笼罩,仿佛最悲惨的结局就要在她身上交响迸发,可能是刹车不灵的卡车，甚至是天降的火球。

泪水冲刷着我肿胀麻木的脸，此时全部的疼痛都集中在口腔和胸腔，像是吞下了无数把钢锥，它们胡乱碰撞扎划着。这一带是体育总局的家属区，在相对寂静的环境里，我的每一声呼唤都像是被人打断四肢的野猫在求救般瘆人，嗓子已经叫得快废了，当目睹南冰跑上天桥时脚腕一扭一个趔趄，我依然发出了破嗓的嘶叫："当心！"

好在她并没有滚落下楼梯，而是骂骂咧咧地脱了高跟鞋，一瘸一拐地赤着脚前进。这使得我很轻易地就追了上去，从身后拦腰抱住她，紧紧地、死死地，像是即将溺毙的人在洪流中抱住浮木。

她被我扑倒在地，扭动着胳膊和腰身挣扎，嘴中语无伦次地怒骂着："艾希！滚开！艾希，滚得远远的，我不想看见你……"

即使她的手胡乱拍打着我的头顶、我的肩膀，我也像饥饿的蟒蛇般卷着她不放。"南冰，南冰……"是惩罚吧，每叫一次她的名字，我的喉咙疼得就像被利刀刺穿，"我死也不会离开你。"

抱在一起的我们在灰尘中翻滚了好一会儿，这期间有一个路人上桥时以为是精神病人打架，一眼也不敢多看就原路退了回去。

"那你就去死，去啊，去死！"

南冰刚喊完这句话的同时，我立即弹了起来，毫不犹豫地往栏杆外一跃。

"我 × 你艾希……"

她在喊出这句话时整个身体扑了上来，抱住了已经半截身体挂在栏杆外摇晃的我。

我俯瞰着桥下疾驰奔涌的车流，黑色，又是黑色，原来是从地底翻涌上来、企图一点点吸食我生命与希望的小鬼，它们化成了一尾尾乌鱼在欢庆着我的自我放逐，在迎接我最不堪一击的灵魂。

"上来！使力，艾希，艾希！你要死别死在我眼前，别死在我前面，你丫只可以死在我后面，我他妈还打算活到八十岁——如果我在早上八点死，你就是死撑着也得给老娘撑到八点零一分——"

身后有个脏话喷薄的女人正死命抓着我往里拉，可我浑身软塌塌的只知道哭，我竟然觉得听了这一番话，死也值得了。

好不容易把我拉上来，她大气还没喘均匀，就冲我扬起了手喝道："你这个——"

我捂着脸哀求："别，别打了，我的脸快要烂了。"

好些天都不想照镜子了，现在我的脸一定滑稽得像是上了妆的南瓜，因为南冰定睛一看后竟然笑了。"死丫头。"她道，接着嘴一撇，哭了。

南冰又变回了那个穿着宽大冬季校服、头发和脸被雨水打得透湿的高中生，但是我再也不是那个单纯至无用的废物了。我用手心擦拭她的眼泪，一边抚摩她的头发一边说："南冰，我犯了很多错，也许以后也还会继续犯错，我不会狡辩不会逃跑，我会立即向你道歉，如果你不原谅我，那我就拿命来赔你，这不是随口说说。在我这里，你随时都可以犯错，犯很多错，我永远、永远、永远都不会离开你，所以你不要害怕，我会保护你的，虽然我不能保证时时刻刻看着你不让任何人伤害你，可是我愿意为你杀人，愿意陪你逃难，愿意为你抢吃的抢钱，只要你想要的，我都可以去抢。"——我不想让今天成为我又一个反复无常的噩梦。

"你在对我告白吗？好肉麻。"她破涕为笑，伸直了长长的胳膊圈住我的脖子，又恢复了坏小子般邪气的挑逗神色，"不过考虑到世上再不会有另一个人这样对我不离不弃了，我可以为你而弯。"

我抹去了她脸上最后一点泪迹，看着这张剑眉星目的脸想，南冰还是笑起来最美，我愿意为这个笑倾家荡产，浪迹天涯。

闹得累了的我们一起坐在地上，脚下的天桥恍恍惚惚似在海上航行，我闭上眼祈祷，有比现在明亮千万倍的远方在等着我们。

南冰的头枕在我的头顶，她在自言自语："以后怎么办？"

我默默地与她十指交握，以此代答。

"反正也只能看着办。"她的声音是经历万籁俱寂之后复苏的安定，"活着，走着，朝前走，反正回不了头，我们回不去了。"

我也不想回去，远方还有什么全冲我来好了，粉碎我好了，反正我已经千疮百孔了，有粉碎自己又重塑的经验。

最坏的已经过去了，杨牧央也好，丁兆冬也罢，还有禾仁康我亲爱的人呀，以及这座冷眼旁观的北京城，把我掏空、把我撕裂、把我践踏，可我还活着，无论是谁，请更彻底地摧毁我，在那之后……

我会一次又一次地将自己粘好，所以再彻底一些，在那之后……

在所有最坏的过去之后，会有最好的留给大难不死的我。

一切将会是我期待的模样。

后记
postscript

- 空心恋人 -

写到第二部了对北京还是充满怨气，我也不想对着一座不言不语的城市把脸垮得这么难看，可是再找不到能把自己的郁郁寡欢怪罪的对象，所以我还在日复一日地说："我恨北京。"

我毫无依据地猜想，艾希他们也一定认为是北京造就了自己的荣辱兴衰。当他们如意、欢笑时，他们饱含爱意；当他们挫败、落泪时，他们又无缘无故地恨起来。

他们想，若不是在这座城里出生、长大、相爱、分别，我就不是现在这个一事无成的我，也不会爱上现在这个将我抽筋拔骨的人。

他们想，更好的我，更与我般配的生活，一定在别处。

他们想，走吧……哎，让我们走吧……

而他们也只是想想。

是啦，十九岁的我要是没有坐上那列摇晃了十八个小时的火车，我所拥有的一切也不会是现在这副差强人意的模样，一定更明亮，一定更温暖，有很多钱也有很多爱。虽然也可能比现在糟，但我不会去想，人生已经足够艰难了，我只愿给自己找点儿乐子。

我就是想想。

我被这座城困了十年，他们或许要被囚困一生，我策划的离别显得天经地义，而逃跑对于他们来说却是血肉分离的背叛。

艾希已经不会逃了，她也不会再想成为南冰，她是死而复生的艾希，她要以一己之力对抗那足以碾轧她的庞大的错综的命运。

她不是南冰，她也不是我，艾希知道艾希想要什么。她终究会得到那些明亮的、温暖的，很多钱与很多爱，她不会为此道歉，她就是想要。

我决定成全她。

至今以来我都不甘愿让笔下的他们先我一步得到幸福，我总是对他们说，等一下，不可以走在我前面——再等等，别闹，就快了，还差一点点，啊，还是，差一点点。我离幸福总是差那么一点点。

这一点点真他妈是相距千山万水的一点点。

不经意一耽误就是十个春去秋来的轮回，再自私的我也只好妥协了，太累了，算了，我在一天天老去，而你们还是有着如此鲜活的脸庞，就让你们先跑过终点线好了，等我变得更强壮、更聪明，灵魂变得更轻盈、更富足，我再去追你们。

就如同最初说好的，下一本《北京人在北京3》就是这个故事的结局了。

我不知道明年的我是还在北京或是已经换了城市继续写作，是还在恨着北京或是已经深爱——不不，不，我骨子里多少还是偷偷荡漾着爱的，不然我何必一遍又一遍地描述他，这个从不回应我期待的恋人。

我总是这样，先说恨又推翻，反复无常，简直是一个已经为爱扭曲的变态。不这么脆弱就好了，我情愿做一个坚强的变态，一会儿恨，一会儿爱，伸手热吻，背手无情。

那先这样了，我们会再相见，一次不够，会一次又一次相见。

艾希，不怕了，只是给你幸福的话，即便是我也做得到。

琉玄

2015 年 8 月 22 日于北京

出品／上海最世文化发展有限公司

官方网站／www.zuibook.com

平台支持／最小说 ZUI Factor

北京人在北京·煮海

作者 琉玄

ZUI Book
CAST

出品人 ／郭敬明

项目总监 ／痕痕

监 制 ／赵萌 刘雳

特约策划 ／卡卡 董鑫

特约编辑 ／非非 张明慧

* 装帧设计 ／ZUI Factor

设 计 师 ／镜森

内页设计 ／镜森

封面摄影 ／Cocu 刘辰

图书在版编目（CIP）数据

北京人在北京 . 煮海 / 琉玄著 . —— 长沙 : 湖南文艺出版社 , 2016.4
ISBN 978-7-5404-7551-2

Ⅰ . ①北… Ⅱ . ①琉… Ⅲ . ①长篇小说 – 中国 – 当代 Ⅳ . ① I247.5

中国版本图书馆 CIP 数据核字 (2016) 第 063123 号

上架建议：畅销书·青春言情

BEIJING REN ZAI BEIJING · ZHUHAI

北京人在北京·煮海

作　者：琉　玄
出 版 人：刘清华
出 品 人：郭敬明
项目总监：痕　痕
责任编辑：薛　健　刘诗哲
监　制：赵　萌　刘　霁
特约策划：卡　卡　董　鑫
特约编辑：非　非　张明慧
营销编辑：杨　帆
装帧设计：ZUI Factor
设 计 师：镜　森
内页设计：镜　森
封面摄影：Cocu刘辰

出版发行：湖南文艺出版社
　　　　　（长沙市雨花区东二环一段 508 号 邮编：410014）
网址：www.hnwy.net
印刷：北京嘉业印刷厂
经销：新华书店
开本：880mm×1230mm 1/32
字数：186 千字
印张：7.5
版次：2016 年 4 月第 1 版
印次：2016 年 4 月第 1 次印刷
书号：ISBN 978-7-5404-7551-2
定价：28.80 元

质量监督电话：010-59096394
团购电话：010-59320018